拉斐尔前派诗歌的个体研究

——克里斯蒂娜·罗塞蒂诗歌研究

朱立华 著

南開大學出版社

天 津

图书在版编目(CIP)数据

拉斐尔前派诗歌的个体研究 ：克里斯蒂娜·罗塞蒂诗歌研究 / 朱立华著. —天津：南开大学出版社，2020.8
ISBN 978-7-310-05952-2

Ⅰ. ①拉… Ⅱ. ①朱… Ⅲ. ①克里斯蒂娜·罗塞蒂—诗歌研究 Ⅳ. ①I561.072

中国版本图书馆 CIP 数据核字(2020)第 153001 号

拉斐尔前派诗歌的个体研究：克里斯蒂娜·罗塞蒂诗歌研究
LAFEIER QIANPAI SHIGE DE GETI YANJIU:
KELISIDINA LUOSAIDI SHIGE YANJIU

南开大学出版社出版发行
出版人:陈　敬
地址:天津市南开区卫津路 94 号　　邮政编码:300071
营销部电话:(022)23508339　营销部传真:(022)23508542
http://www.nkup.com.cn

北京虎彩文化传播有限公司印刷　全国各地新华书店经销
2020 年 8 月第 1 版　　2020 年 8 月第 1 次印刷
230×155 毫米　16 开本　16.5 印张　2 插页　212 千字
定价:49.00 元

如遇图书印装质量问题,请与本社营销部联系调换,电话:(022)23508339

前　言

在文化全球化研究成为显学的新时代背景下，在西方兴起“维多利亚文化热”的前景下，重拾经典作品，发掘时代意义，反思当下问题，也是当代文学研究的一种范式。采用整体勾勒与核心聚焦的方法，研究拉斐尔前派诗歌的叙事艺术有助于考察鸦片战争期间“日不落帝国”臣民的“现代性焦虑”；人的生存困境与死亡悲剧意识、人性的堕落与自我救赎意识；有助于探析维多利亚时代的“女性问题”：道德标准的严苛与伦理秩序的重构、女性自我意识的觉醒与女性身份的认同；有助于探究其精神问题：灵魂的逝去与安置灵魂的人类精神家园的重建；有助于分析其美学思想与审美意识：唯美与“唯美偏致”的矛盾书写、“灵肉合致”与“灵肉冲突”的性爱重写等问题。

“艺术修女”（Nun of Art）克里斯蒂娜·罗塞蒂（Christina Rossetti）和她的两个哥哥但丁·罗塞蒂、威廉·罗塞蒂一样，同属拉斐尔前派（Pre-Raphaelite）的重要代表诗人；像勃朗宁夫人一样，是19世纪英国维多利亚诗坛的杰出女诗人，是英国最有天赋的女诗人之一。麦多克斯认为她是“19世纪贡献给我们的最伟大的语言大师——至少是英语语言的大师”；弗吉尼亚·伍尔夫称赞“她的歌唱得好像知更鸟，有时又像夜莺”，认为她在英国女诗人中“位列第一”；而另一拉斐尔前派著名诗人斯温伯恩赞叹她的诗歌回响着“天堂里明澈而嘹亮的潮声”（Echoes of the Serene and Sonorous Tides of Heaven）。

克里斯蒂娜·罗塞蒂于1830年12月5日生于一个流亡伦敦

的意大利革命者家庭，其诗歌创作正值中英鸦片战争时期，那时积贫积弱的中国外受西方列强的蹂躏，内受封建专制制度的统治，政治、经济、文化渐趋落后。我们通过对克里斯蒂娜·罗塞蒂的诗歌叙事研究，可以管窥英国这个“日不落帝国”当时的政治经济状况和社会文化风貌，有助于考察英国维多利亚时代中产阶级的道德观、婚姻观和宗教观，有助于考察中西文化交流和文明互鉴的历史。

克里斯蒂娜·罗塞蒂诗歌的唯美叙事[①]体现了“形式至上”“诗画互文”和“意象叙事”等“艺术形式绝对化”的唯美主义艺术特征；体现了诗人“生与死”“灵与肉”（“灵肉合致”，Reinikuikchi）的哲思，及其死亡意识和生命悲剧意识；也体现了其诗歌强调精神（心灵）的主导地位，即个人精神绝对化的唯美主义思想特征。

克里斯蒂娜·罗塞蒂诗歌的伦理叙事，揭示了维多利亚时代的信仰“悖论”。[②]一方面，维多利亚时代“是一个社会道德要求相当严格的时代”，维多利亚女王推崇非常严厉的道德标准，尤其针对女性道德，甚至有“假正经”之嫌。维多利亚时代的女性都穿着长裙，而且要盖住脚面，甚至连钢琴腿也要盖住，因为“腿”不雅。因此，克里斯蒂娜·罗塞蒂的诗歌中鲜见“美腿”之类的字眼。即使是她描写“酥胸”“红唇”，也受到诸多责难和非议，而具有讽刺意味的是，那也是一个充斥着妓女和乞丐的时代（如狄更斯和哈代笔下的女性）。[③]

克里斯蒂娜·罗塞蒂诗歌的宗教叙事主要体现在以宗教为题材进行诗歌创作，以及宗教禁锢下的人性扭曲、女性缺乏婚姻与

① 张介明：《唯美叙事：王尔德新论》，上海：上海社会科学院出版社，2005 年：前言。

②〔英〕安德鲁·桑德斯：《牛津简明英国文学史》，谷启楠等译，北京：人民文学出版社，2000 年：第 410 页。

③ 常耀信：《漫话英美文学》，天津：南开大学出版社，1987 年：第 156 页。

性自主权。叙事主要聚焦于《基督徒和犹太人》《传播知识的基督之爱》《夏娃》《圣诞颂歌》和《基督、圣徒和圣灵的讨论》等宗教题材的诗歌之中，蕴含着浓厚的神秘主义、象征主义和宗教色彩，这是因为克里斯蒂娜·罗塞蒂受到了英国圣公会倡导的旨在反对新教倾向的牛津运动的影响[①]。

克里斯蒂娜·罗塞蒂诗歌的女性叙事表现为赞美女性、崇拜女性和关注女性，在“女性形象”构建、女性“性自主权”“他者”的话语权、“身体”“堕落与救赎”，以及爱情与婚姻自主权等方面，表达了对女性的人文关怀和对维多利亚时代女性道德的关注，其诗歌体现出女性主义的诗学特征，集中在《小妖集市》《少女之歌》和《爱情三重唱》等诗歌之中。

此外，克里斯蒂娜·罗塞蒂的儿童诗歌，如诗集《童谣》、长诗《小妖集市》，也是国内外学者关注的焦点。

克里斯蒂娜·罗塞蒂的作品在20世纪20年代被译介到中国。徐志摩翻译了她的诗歌《新婚与旧鬼》，王家棫翻译了其诗歌《当我死了》等，闻一多、素痴、邵洵美、飞白、屠岸以及王佐良、黄杲炘、陆风和殷杲等也对其诗歌进行了译介。她的诗歌对中国的新文化运动和新诗创作产生过一定的影响，对中西文化交流与文明互鉴具有一定的积极意义。

克里斯蒂娜·罗塞蒂共创作包括抒情、叙事和伦理诗歌近千首，由于作者十余年来主要对拉斐尔前派诗歌进行总体研究，在克里斯蒂娜·罗塞蒂诗歌的个体研究中，仅翻译了其百余首诗歌作为语料进行文本分析，因此对于其诗歌之中的现代性特征，诸如“现代性的焦虑”，人类精神家园的沦陷，人类的自律、反省和救赎等问题还在不断地思考中，尚需进一步发掘。

---

① 《在寂静如语的梦里：罗塞蒂诗选》，陆风译，北京：外语教学与研究出版社，2018年：第3页。

目　录

绪论　天堂里明澈而嘹亮的潮声……1
第一节　宗教禁锢的人生苦旅……3
第二节　克里斯蒂娜·罗塞蒂诗歌的研究概述……8
第一章　唯美偏致与唯美叙事……13
第一节　克里斯蒂娜·罗塞蒂诗歌的现代性生成语境……14
第二节　英国唯美主义的生发、流变与特征……20
第三节　克里斯蒂娜·罗塞蒂的唯美主义诗学观……28
第二章　灵肉合致与爱情叙事……33
第一节　“灵肉合致”的理论缘起与哲学基础……35
第二节　克里斯蒂娜·罗塞蒂的“灵肉合致”诗学观……39
第三章　诗画互文与互文叙事……60
第一节　克里斯蒂娜·罗塞蒂诗歌的互文叙事……61
第二节　诗画互文：诗画一律与诗画偏离……68
第四章　美学意象与意象叙事……79
第一节　意象主义与意象叙事……80
第二节　克里斯蒂娜·罗塞蒂诗歌的意象叙事……87
第五章　悲剧意识与死亡叙事……115
第一节　克里斯蒂娜·罗塞蒂诗歌的死亡叙事……115
第二节　克里斯蒂娜·罗塞蒂诗歌的死亡与生命悲剧意识……122
第六章　宗教情结与原型叙事……137
第一节　原型叙事与人物原型……138

第二节 克里斯蒂娜·罗塞蒂的信仰皈依与宗教情结……143
第七章 女性关怀与女性叙事……170
第一节 女性叙事与维多利亚女性诗歌研究……171
第二节 克里斯蒂娜·罗塞蒂诗歌的女性关怀……175
附录一 王子的历程……211
附录二 少女之歌……234
附录三 无名的莫娜……244
后 记……253

绪论　天堂里明澈而嘹亮的潮声

天堂里明澈而嘹亮的潮声。

——〔英〕阿尔杰农·斯温伯恩

为宗教而宗教，为道德而道德，为艺术而艺术。

——〔法〕维克多·库森

“艺术修女”克里斯蒂娜·罗塞蒂[1]既是拉斐尔前派的重要代表人物，又是19世纪英国最有天赋的女诗人之一。[2]在维多利亚时代的英国诗坛上，她可以比肩同时代的勃朗宁夫妇、丁尼生以及马修·阿诺德等杰出诗人，她的诗（分为爱情诗、宗教诗和儿童诗歌，也有西方学者归类为抒情、叙事和伦理诗），以精致的细节描写、强烈的视觉感受以及丰满的背景描画而著称，蕴含着浓厚的神秘主义、象征主义和宗教色彩，呈现出爱与欲望、道德与伦理、梦幻与死亡等主题。西方学者对克里斯蒂娜·罗塞蒂及其诗歌给予高度评价：斯温伯恩惊呼“再没有比这更辉煌的诗作了”，赞叹她的诗歌之中回响着“天堂里明澈而嘹亮的潮声”；[3]麦多克斯对她更是推崇备至，认为她是“19世纪贡献给我们的最伟大的

---

① 西方学者将克里斯蒂娜·罗塞蒂称为“艺术修女”（Nun of Art），是因其作为虔诚的基督徒，献身于艺术而终身未嫁之故（载《诺顿文选》第873页）。作者原本用“艺术尼姑”一词，曾思艺先生建议用“艺术修女”，更具西方文化意蕴。

② 作者将克里斯蒂娜·罗塞蒂置于19世纪英国女性诗人中进行了初步研究，同时也将她归于拉斐尔前派诗人进行了研究，已出版相关专著。

③ 奥斯卡·王尔德在其《英语女性诗人》（*English Poetess*）一书中，引用了斯温伯恩对克里斯蒂娜·罗塞蒂诗歌的高度评价。

语言大师——至少是英语语言的大师”；弗吉尼亚·伍尔夫称赞“她的歌唱得好像知更鸟，有时又像夜莺”，认为她在英国女诗人中“位列第一”。

克里斯蒂娜·罗塞蒂是 19 世纪英国维多利亚时代最杰出的女性诗人之一。19 世纪英国女性诗歌是书写 19 世纪英国诗歌史乃至英国文学史不可或缺的重要章节，先后经历了前三十年的浪漫主义时期和后七十年的维多利亚时代。期间涌现出勃朗宁夫人、克里斯蒂娜·罗塞蒂、艾米莉·勃朗蒂、乔治·艾略特（原名 Mary Ann Evans）、迈克尔·菲尔德（原名 Katharine Harris Bradley）、菲莉西亚·赫曼斯（Felicia Hemans）、阿德莱德·普罗克特（Adelaide Proctor）、罗莎蒙德·华生（Rosamund Watson）、弗吉尼亚·缪（Virginia Mew）和伊丽莎白·西黛尔（Elizabeth Siddal）等一批女性诗人，创作了数千首诗歌，奠定了他们在英国诗坛的地位。其中最著名的有两位，一位是勃朗宁夫人，另一位就是克里斯蒂娜·罗塞蒂。

克里斯蒂娜·罗塞蒂同时也是最杰出的拉斐尔前派诗人之一。拉斐尔前派早期成员包括约翰·米莱（John Malaise）、但丁·罗塞蒂和威廉·亨特（William Hunt）三人，新增成员包括威廉·罗塞蒂（William Rossetti，但丁·罗塞蒂之弟）、詹姆士·柯林（James Collinson）、托马斯·伍尔纳（Thomas Woolner）和弗雷德里克·史蒂芬斯（Frederic Stephens）。之后，克里斯蒂娜·罗塞蒂、阿尔杰农·斯温伯恩（Algernon Swinburne）、伊丽莎白·西黛尔、伊芙琳·摩根（Evelyn De Morgan）、亚瑟·休斯（Arthur Hughes）、弗雷德里克·桑迪斯（Frederic Sandys）、威廉·莫里斯（William Morris）、梅·莫里斯（May Morris）、简·莫里斯（Jane Morris）、爱德华·伯纳-琼斯（Edward Burne-Jones）、汤玛斯·高奇（Thomas Cooper Gotch）、约翰·罗斯金（John Ruskin）、查尔斯·柯林斯（Charles Collins）以及约翰·沃特豪斯（John

Waterhouse）等，相继成为该派成员。其中诗歌成就最为辉煌的前派诗人，当属克里斯蒂娜·罗塞蒂及其兄长但丁·罗塞蒂。

第一节 宗教禁锢的人生苦旅

“女诗人的一生，是不断失落的一生：亲人、美貌、健康、爱情，所有美好都逐一失去，直至一无所有。最终，当那些小小的、柔弱的欢愉已不再能够疏解痛苦，磨难达致狷狂，死亡终于心生怜悯，向她开放以一个永恒平静的结局。”①

1824 年，意大利烧炭党成员、爱国诗人加布里埃尔·罗塞蒂（Gabriele Rossetti）由于发表自由主义言论而被迫流亡英国，娶了年轻貌美的英意混血女郎弗朗西斯·普利道瑞（Frances Polidori，拜伦的朋友兼医生 John Polidori 的妹妹）为妻。1830 年 12 月 5 日，在伦敦夏洛特街 38 号（今天的哈勒姆街 105 号），这个四个孩子家庭中的最小孩子呱呱坠地，她就是克里斯蒂娜·罗塞蒂。她的哥哥但丁·罗塞蒂擅长诗画，另一哥哥威廉·罗塞蒂是文学和文艺批评家，她的姐姐玛利亚·罗塞蒂（Maria Rossetti）也是一位文学家。

克里斯蒂娜·罗塞蒂从未上过学，只接受了母亲弗朗西斯·普利道瑞的家庭教育，母亲让她学习宗教作品、古典文学、童话和小说。克里斯蒂娜·罗塞蒂喜欢济慈、斯科特、安·拉德克利夫和蒙克·刘易斯的作品。但丁、彼得拉克和其他意大利作家的作品影响了整个家庭，对克里斯蒂娜·罗塞蒂后来的写作产生了深远的影响。位于夏洛特街 38 号的家向来访的意大利学者、艺术家和革命家开放，她家附近有杜莎夫人蜡像馆、伦敦动物园

①〔英〕克里斯蒂娜·罗塞蒂：《小妖精集市》，殷杲译，南京：江苏人民出版社，2015 年：第 125 页。

和她经常光顾的摄政公园。与父母相比，克里斯蒂娜·罗塞蒂是一个非常适应伦敦生活的孩子，也有快乐的童年，在短诗《欢跃的小羊》中，诗人采用田园牧歌式叙事，描述了欢跃的羔羊和活泼的孩童：

欢跃的小羊
活泼的孩童
一同嬉戏
在开满黄花的草地：
天空一片湛蓝
空气丝丝温暖
草地阳光散漫
小径渐明渐暗。

在儿童诗《一只白母鸡在孵卵》中，她从儿童的视角，描述了快乐的场景：

一只白母鸡在孵卵，
身下卧着三颗蛋。
后来孵出三只带斑点的小鸡
有着圆圆胖胖的身体。
一只猫头鹰和一只老鹰，
还有一只蝙蝠赶来看稀奇。
小鸡躲在妈妈翅膀下，
蹲着尽量免受攻击。

在《卡片房子》和《缝手帕》中，诗人讲述了叠房子和缝手帕的快乐童年生活：

卡片房子，整洁小巧。
晃晃桌子，一定会倒。
一张一张，找到花牌。
房上加顶，一切搞定。
晃晃桌子，其乐无穷。//

另外一首诗：

要缝的手帕——
哦，亲爱的，亲爱的，亲爱的！
多少针啊我要缝，
干活之前我害怕，
缝了一针又一针，
一针一针缝不停，
针线活儿全干完，
干活之后便去玩。

然而，到了 1843 年，她 13 岁时，父亲被诊断出患有持续性支气管炎，或是肺结核，患有抑郁症，且面临失明危险。虽然他又活了 11 年，但身体再也没有恢复健康，因而放弃了国王学院的教职，使家庭面临严重的经济困难。为了摆脱家庭贫困，她母亲开始教书，姐姐玛利亚成了一名家庭教师，哥哥威廉到香港海关工作。另一哥哥但丁在艺术学校上学，克里斯蒂娜·罗塞蒂则留在家里过着越来越孤独的生活。14 岁时，她精神崩溃，随之而来的是抑郁症和相关疾病的发作。此时，由于受到英国基督教圣公会倡导的旨在反对新教倾向的牛津运动的影响，她和母亲、姐姐对英国国教发展起来的盎格鲁天主教运动产生了浓厚的兴趣，宗教信仰由此在她的生活中扎下了根。

精神和肉体的双重折磨是她身患抑郁的主要原因，具体表现为几个方面：第一，维多利亚时代标榜道德修养，尤其对于女性道德规范极为严格，强调清教徒式的道德规范，造成对人性与自由的严重压抑。第二，克里斯蒂娜·罗塞蒂生于西方基督教道德体系濒临崩溃之际，她接受过达尔文进化论和孔德实证主义的影响。后来在母亲和姐姐的影响下又皈依了英国国教，是一名虔诚的英国圣公会教徒。正是因为宗教信仰的分歧，她 20 岁时与心爱的詹姆士·柯林解除婚约，之后因同样的原因，她又和深爱的查尔斯·凯利解除婚约。两度失去爱情使她精神迷惘，心智困惑。因此，她在《暂停的想法》（“A Pause of Thought”）中，发出真爱难觅的叹息：

我的期盼虚无且渺茫，
遥遥无望让我心疼不已，
多少岁月匆匆逝去，青春的希望
才能遂人意。
我守望、我等待、矢志不移，
尽管目标早已离我远去，
日复一日，我如此渴望，
我等待、我守望。
有时我告诫自己：爱已不复存在；
停止那身心疲惫的无谓等待；
我将放手以求得心灵的安宁；
可我从未真正消停。
有时我也告诫自己：爱徒具虚名，
我为何追求虚名而放弃，
生活的安宁？
可我依然要放弃。

唉，你这呆瓜，
仿佛不懂欢娱或痛楚；
明知追求真爱无益处，
你还追求它。

第三，罗塞蒂一直受到格雷夫斯氏病的折磨，疾病不仅毁坏了她的美丽，而且几乎夺去她的生命。在精神与肉体苦痛的抗争中，在圣诞颂歌的余音中，1894 年 12 月 29 日，她的人生苦旅终于到达终点，灵魂“终于安息”，她孤独而圣洁的灵魂终于可以在天国追寻美丽的爱情：

终于安息，不再挣扎、不再烦恼，
终于安息，不复恐惧、不复喧闹，
寒冷苍白，不见朋友、不见恋人，
终于安息。

疲惫之心不再沮丧、不复懊恼，
不再有绞痛或无尽的恐惧萦绕，
终于安息，不再有噩梦的困扰。

终于安息。林梢间鸟儿的鸣叫
或阵阵疾风也唤她不醒。
顶着紫色的百里香与三叶草，
终于安息。[①]

然而，正如殷杲所言：“痛苦随肉身而去，美感携诗歌永存。”[②]

---

① 以上四首短诗由朱立华译自 http://www.poemhunter.com/poem/。

②〔英〕克里斯蒂娜・罗塞蒂：《小妖精集市》，殷杲译，南京：江苏人民出版社，2015 年：第 125 页。

第二节 克里斯蒂娜·罗塞蒂诗歌的研究概述

综观国内外关于克里斯蒂娜·罗塞蒂的研究，呈现范式批评和问题意识研究并重的趋势，且都注重主题、结构、形式等诗歌本体艺术批评。国外学者侧重文学批评，如美学与叙事研究，体现出文学研究的语言转向。国内学者侧重社会批评，如社会、政治和意识形态研究，体现出文学研究的文化转向。国内学者侧重个体研究，而总体研究相对不足，国外学者二者并重。

多维视角下的克里斯蒂娜·罗塞蒂诗歌研究，符合“兼容并蓄”的文化美学思想要求，顺应文化全球化研究成为显学的新时代背景。克里斯蒂娜·罗塞蒂诗歌是英国维多利亚诗歌的重要组成模块，是书写19世纪英国诗歌史不可或缺的章节。在唯美主义、女性主义、精神分析、原型批评、互文性、狂欢化和影响研究等多维视角下进行克里斯蒂娜·罗塞蒂诗歌研究，有助于中西文化的交流与借鉴，有助于中国读者全面、系统地了解克里斯蒂娜·罗塞蒂诗歌在中国的研究、翻译的变迁及其对中国诗歌研究的影响；有助于在深入探析维多利亚时代文化风貌的基础上，解读克里斯蒂娜·罗塞蒂诗歌的美学思想和诗学主题；有助于分析拉斐尔前派的审美理想、情感、认识及其诗歌的语言、叙事和结构艺术。这对于书写19世纪英国诗歌史、推动20世纪英国诗歌理论研究，具有一定的现实意义；对于中国学者研究英国诗歌，也具有一定的借鉴意义。

一、国外研究现状及动态

近二十年来，西方社会出现了“维多利亚文化热”现象。作为维多利亚诗歌的重要组成部分，克里斯蒂娜·罗塞蒂的诗歌重新进入西方学者的研究视域。国外学者在后现代文学理论的多维视角下，对克里斯蒂娜·罗塞蒂诗歌进行了系统研究，呈现出范式批评研究和问题意识研究并重、理论研究转向理论研究与文本分析并重的趋势。

第一，唯美主义批评研究。英国著名艺术史论家威廉·冈特（William Gaunt）在其"英国维多利亚时代思想成就史三部曲"（《拉斐尔前派的梦》《维多利亚时代的奥林匹斯山》与《美的历险》）中，对拉斐尔前派与唯美主义进行了系统研究。在《拉斐尔前派的梦》中，作者系统梳理了克里斯蒂娜·罗塞蒂等拉斐尔前派的理论缘起、生发流变、矛盾冲突、梦幻破灭和文学成就，为唯美主义研究提供了理论与实证基础。在《美的历险》中，作者对19世纪30年代至20世纪第一次世界大战爆发前英法唯美主义的文艺理论、美术与文学领域的面貌做了深刻、独到的分析；以唯美主义的产生、发展、高涨、分化的全过程为主线，比较详尽地评价了这一时期的重要文艺理论家、作家、诗人以及重要作品和艺术流派。耶鲁大学教授提姆·巴林杰（Tim Barringer）的《拉斐尔前派艺术》，综合研究了拉斐尔前派诗人的艺术背景、艺术特征、艺术成就及其唯美主义艺术风格，奠定了唯美主义研究的理论基础。1977年，多伦多约克大学的拉瑟姆（Latham）、芝加哥保罗大学的加里根创办了杂志《拉斐尔前派研究》，借助此研究平台，国外学者对克里斯蒂娜·罗塞蒂诗歌进行了多维视角研究。

第二，互文性研究。北卡罗来纳大学教授安东尼·哈里森以拉斐尔前派诗人克里斯蒂娜·罗塞蒂为主要研究对象，发表了十余篇论文，从"爱与背叛""爱与理想""语境互文性""历史互文性"等诸多方面对克里斯蒂娜·罗塞蒂进行研究。他的《语境中的克里斯蒂娜》（1989）研究了"拉斐尔前派、罗斯金美学"和"唯美主义"的关联，以及"拉斐尔前派唯美主义、拉斐尔前派圣事主义"和"先拉斐尔主义"的相互影响，进而论证其诗歌的"语境互文性”和“历史互文性”，探究其显性或隐性的影响关系，该研究处于国际领先地位。

第三，“男性化”与女性主义批评研究。美国布朗大学学者布里安娜·白克罗夫特在《维多利亚诗歌中的女性声音》（2003）中，研究了克里斯蒂娜·罗塞蒂作品中女性叙事话语权受男性霸权话语的压抑与反抗，展现出“重新配置的男性诗学传统的新女性视图”；在《〈保卫桂内维尔〉的性别角色转换》和《性别和权力的救援和创世神话》（2004）中，分析了“在男性世界里，桂内维尔只有不断进行性别角色转换，才能保卫自己”，以及莫里斯创世神话艺术中性别和权力的关系。耶茨和特罗布里奇（Yeates & Trowbridge）主编的论文集《拉斐尔前派男性化：男性化在艺术与文学的建构》，探究了克里斯蒂娜·罗塞蒂诗歌的“性别建构”“争议”“性自主权”和“解构过程”等问题，研究了拉斐尔前派“文化生产者”所进行的性别建构、争议、改革和解构的过程，从多个视角解读拉斐尔前派话语中的“男性化”现象。女性主义批评研究则集中于克里斯蒂娜·罗塞蒂的诗歌，包括对其《小妖精集市》《少女之歌》（“Maiden-Song”）中两姐妹进行的女性主义批评研究。

第四，多维视角研究。剑桥大学的文学家、女诗人安吉拉·雷顿著有《维多利亚时代的女性诗人：锥心之作》（1992），编著了《维多利亚时代的女性诗人：艾米莉·勃朗蒂、伊丽莎白·勃朗宁、克里斯蒂娜·罗塞蒂》（1995）和《维多利亚时代的女性诗人：批评读者》（1996），与玛格丽特·雷诺兹合编了《维多利亚时代的女性诗人文集》（1992）；弗吉尼亚·布莱恩的《维多利亚女性诗人：注解文集》（2009）等，对克里斯蒂娜·罗塞蒂、伊丽莎白·西黛尔等拉斐尔前派诗人，在女性主义、新历史主义、后殖民主义、消费主义和后现代主义视角下，采用文化批评、文学批评、艺术批评乃至社会政治和意识形态批评方法，进行了多维视角研究。

二、国内研究现状

国内克里斯蒂娜·罗塞蒂诗歌研究始于20世纪20年代，早期代表人物徐志摩、赵景深、闻一多、查良铮（穆旦）、邵洵美和素痴、滕固等学者将克里斯蒂娜·罗塞蒂诗歌译介到中国，形成了一股研究热潮。20世纪80年代后，国内又涌现出飞白、屠岸、黄杲炘等一批学者，对其诗歌进行翻译和进一步研究。飞白的《英国维多利亚时代诗选》，收录了克里斯蒂娜·罗塞蒂等拉斐尔前派诗人的诗歌；翻译名家黄杲炘、卞之琳以及飞白、屠岸等把这个时代的诗歌译介到中国，对中国文学产生了一定影响。王佐良主编的《19世纪英国文学史》一书，把她列入“其他诗人”一节，对克里斯蒂娜·罗塞蒂诗歌进行译介。《拉斐尔前派诗歌的唯美主义诗学特征研究》一书，对克里斯蒂娜·罗塞蒂等拉斐尔前派诗人所创作的诗歌，在唯美主义视角下，对其诗学特征进行了较为系统的研究，收录了包括作者翻译的克里斯蒂娜·罗塞蒂的诗歌百余首。译著包括陆风所译的《在寂静如语的梦里：罗塞蒂诗选》和殷杲翻译的《小妖精集市》两部。博士论文主要有浙江大学慈丽妍的《互文视域下的拉斐尔前派诗歌研究》等，硕士论文和期刊文章100余篇。

三、研究意义与学术价值

第一，在文化全球化的新时代背景下，克里斯蒂娜·罗塞蒂诗歌的多维视角研究，对于促进中西文化交流，对于中国读者全面系统地了解克里斯蒂娜·罗塞蒂诗歌的唯美主义、女性主义、后现代主义和后殖民主义等诗学特征与美学思想，了解克里斯蒂娜·罗塞蒂诗歌在中国的翻译、传播以及对中国文学的影响，具有一定的理论认识价值；对于中国学者如何遵循“立足本来，吸收外来，面向未来”的文化兼容并蓄原则进行中西文化的交流与借鉴，具有一定的价值。

第二，对于书写 19 世纪英国诗歌史，推动 20 世纪英国诗歌理论研究，具有一定的理论开拓价值。纵观国内外相关研究，国外学者比较侧重文学批评，如美学思想与叙事艺术研究，而对于前派诗歌的艺术批评，如意象艺术研究则相对不足；国内学者比较侧重社会批评，如社会、政治和意识形态研究，而对其美学思想与叙事艺术研究相对不足；国内重个体研究，缺乏总体研究，研究侧重罗塞蒂兄妹、斯温伯恩、莫里斯和梅瑞狄斯五位诗人，而忽略了罗斯金等其他十多位成员（知网上只检索到申请人发表的 3 篇论文，即在新批评主义视角下分别对拉斐尔前派诗人巴特摩尔、阿林汉姆和潘安进行研究）。因此，通过回归艺术本体研究，将文本细读和宏观观照结合，兼顾文学理论与社会文化背景，对克里斯蒂娜·罗塞蒂诗歌进行多维视角研究，对于弥补国内总体研究的不足，发掘克里斯蒂娜·罗塞蒂诗歌对 20 世纪英国文学的影响，确立其在英国诗歌史上的应有地位，具有一定的价值。

第三，近二十年来西方社会出现了维多利亚文化热，女性主义、唯美主义、解构主义、新历史主义、后殖民主义等后现代理论都被用来对克里斯蒂娜·罗塞蒂诗歌进行研究。在此文化语境之中，克里斯蒂娜·罗塞蒂诗歌的多维视角研究，能够为中国学者提供可以借鉴的研究范式、路径与视角，促进中西文化交流，推动跨文化交际研究。

第四，采用比较文学的影响研究方法，考察克里斯蒂娜·罗塞蒂诗歌在中国的研究、翻译和传播及其对中国新诗的创作形式和内容的影响，发掘中西文化交流轨迹，既符合“一带一路”的文化倡议要求，也可为中国诗歌创作和理论研究、中国文学批评建构和中国学界的外国文学研究，提供可以借鉴的模式，同时也可给英语诗歌翻译理论与创作提供有益的启示。

第一章　唯美偏致与唯美叙事

各门艺术都有一种渊源关系。每逢看到一位大师，你总可以看出他吸取了前人的精华，就是这种精华培育出他的伟大。

——〔德〕歌德

美应当成为人类全部生活的有机构成部分。

——〔英〕罗斯金

本章旨在新历史主义视角下，发掘拉斐尔前派诗人克里斯蒂娜·罗塞蒂与英国唯美主义的关联，论述其诗歌的现代性生成语境、唯美叙事①及其唯美主义诗学特征。

新历史主义批评家史蒂芬·格雷布拉特（Stephen Greenblatt）认为，文本意义的阐释，需要分析文学文本产生时的社会、历史与文化语境，发掘文化系统中的各种因素，对文本做出文化历史的解释；文本是历史和文化的产物，是存在于作者、社会、习俗、制度和社会实践的文化网络中的社会性文本。新历史主义在文学批评实践中进行了历史、文化转轨，强调从政治权力、意识形态、文化霸权等角度对文本实行一种综合性解读，把文学与人生、文学与历史、文学与权力话语的关系作为自己分析的中心问题，从而使历史意识的恢复成为文学批评和文学研究的重要方法论原则。基于此，本章将把克里斯蒂娜·罗塞蒂诗歌视为一种社会性

① 张介明：《唯美叙事：王尔德新论》，上海：上海社会科学院出版社，2005 年：前言。

文本，首先考察其现代性生成语境与影响接受，其次论述英国唯美主义的生发、流变与特征，最后分析其诗歌的唯美叙事，解读其诗歌的唯美主义诗学特征。

第一节　克里斯蒂娜·罗塞蒂诗歌的现代性生成语境

本节将在比较文学领域的影响研究中的影响接受视角下，分析克里斯蒂娜·罗塞蒂诗歌的现代性生成语境，该语境不仅是“背景”，而且是“前景”，参与文本的形成和意义的生成，具有对社会历史和人类自身的反思性认知体系的现代性特征。

克里斯蒂娜·罗塞蒂的诗歌，诞生于对传统文化的反叛和颠覆的现代性生成语境之中，因而维多利亚时代的社会、文化传统对其诗歌创作产生了深刻影响。[①]作为拉斐尔前派的主要诗人，克里斯蒂娜·罗塞蒂怀有“崇尚信仰的时代”的“中世纪”情结，直接或间接接受了古希腊罗马文化与英国牛津运动的影响，以及康德美学和华兹华斯、济慈、雪莱、布莱克、戈蒂耶等的浪漫主义影响，所有这些因素构建了其诗歌的生成语境，而且其诗歌的唯美主义特征正是这诸多因素的集中映射。[②]

第一，浪漫主义影响。克里斯蒂娜·罗塞蒂的诗歌属于晚期浪漫主义，其美学思想的形成，受到布莱克、华兹华斯、济慈、雪莱等浪漫主义诗人的影响，构成了其独特的晚期浪漫主义特征。克里斯蒂娜·罗塞蒂和其他拉斐尔前派成员的最初理念是“艺术必须成为艺术之外的某种伟大信仰的载体，那种信仰来自另一个

① 〔美〕爱德华·希尔斯：《论传统》，上海：上海人民出版社，2007年：第420页。

② 朱立华：《拉斐尔前派与19世纪欧洲文化思潮》，载《广东广播电视大学学报》，2011年，第5期。

源头——追溯那个源头，我们会看到华兹华斯和英国浪漫派诗人”。克里斯蒂娜·罗塞蒂和浪漫主义的共性就是“逃避到过去”，推崇拉斐尔之前艺术的纯真，其艺术思想具有明显的中世纪文化传统的回归倾向，因此又被称为“消极浪漫主义”，与拜伦、雪莱、济慈等代表的“积极浪漫主义”形成了鲜明的对照。当然，消极浪漫主义并不“消极”；相反，在当时特定的文化语境里对英国文学艺术的发展具有“积极”意义。浪漫主义对克里斯蒂娜·罗塞蒂的影响还体现在其与唯美主义的渊源。英国的浪漫主义诗人济慈在唯美主义思潮的形成过程中起到了引导作用，被推崇为英国唯美主义运动的先驱。法国作家戈蒂耶是从浪漫主义向唯美主义过渡的幕后推手，他反对艺术的功利主义，主张纯艺术，追求形式美，提出“为艺术而艺术”的主张，最后成了唯美主义运动的倡导者。这些浪漫主义诗人的唯美主义思想对其后包括克里斯蒂娜·罗塞蒂在内的拉斐尔前派的诗歌产生了深远的影响。例如，《如果我是女皇》表达了克里斯蒂娜·罗塞蒂采用情人间的会话叙事，追求爱情的浪漫情怀：

如果我是女皇，
我该多么张扬？
我让你做国王
我将伺立身旁。
如果我是国王，
我该怎么张狂？
我让你当女皇，
只因你将嫁我。

再如，《我有一个小丈夫》（“I have a Little Husband”）：

我有一个小丈夫，
他出海去了，
风呼啸着吹过他的船，
飞回家飞到我身边。
在我身边叹息的风，
再飞回到他的身边。
如果我有轻盈的肢体，
我也要去展翅高飞。[①]

第二，牛津运动与宪章运动的影响。克里斯蒂娜·罗塞蒂的诗歌创作与牛津运动以及宪章运动的影响密不可分。牛津运动和宪章运动的本质就是一些知识分子和工人阶级解决社会问题、改良政治制度的两场社会文化运动。两场运动对克里斯蒂娜·罗塞蒂的影响主要体现在“复古”和“改良”，即包括克里斯蒂娜·罗塞蒂等拉斐尔前派成员在内的知识分子面对人的生存问题，或主张恢复中世纪宗教，或主张改良当今政治制度。

1833 年发起的牛津运动，是以牛津大学为核心的知识界揭露人的生存状况等社会问题，并希望能够恢复古代和中世纪时期教堂的诗意和精神力量，借此来改良社会的运动。始于 1837 年的三次宪章运动，将近一半的英国男子签名参与，也是针对此类社会问题，主张进行民主政治改革的运动。牛津运动中以牛津为中心的英国基督教圣公会倡导的反对新教倾向也对克里斯蒂娜·罗塞蒂及其诗歌创作产生了影响[②]。例如，克里斯蒂娜·罗塞蒂的中世纪“复古”情节就是受此影响而产生。她曾借用古希腊女诗人莎乎（Sappho）的意象，在短诗《莎乎》里发出对现世生活的叹

① 以上短诗由朱立华译自 http://www.poemhunter.com/poem/。

② 《在寂静如语的梦里：罗塞蒂诗选》，陆风译，北京：外语教学与研究出版社，2018 年：第 3 页。

息，并希冀通过死亡来摆脱烦恼、苦痛和忧伤：

> 黎明时分，我叹息，
> 无聊的一天匆匆逝去，
> 夜幕降临，我叹息，
> 夜晚带着人们睡去。
> 啊，死亡远胜于
> 不停地哀悼与叹息，
> 在死亡的长眠中没有梦，
> 也不知谁会为我哭泣。
> 摆脱了沉重的躯体，
> 忘却了所有的忘记，
> 摆脱了烦恼、苦痛和忧伤。
> 漫漫长夜没有希望，
> 生前无人爱，死后无人知，
> 无人悲，无人管，无人识。

第三，康德美学思想影响。作为拉斐尔前派诗人之一，克里斯蒂娜·罗塞蒂也接受了康德美学思想的影响。克里斯蒂娜·罗塞蒂是唯美主义“为艺术而艺术”“形式美”等主张的忠实布道者和践行者，主张艺术不应具有任何说教的因素，而是追求单纯的美感。他们如痴如醉地追求艺术之“美”，认为“美”才是艺术的本质。唯美主义的这些主张与康德美学思想中的“审美不涉利害”“纯粹美”等美学思想一脉相承，其思想的形成与康德美学思想有一定的渊源关系。康德的“审美不涉利害”的核心内容是美的判断不涉及目的，是无利害的。[①]这一美学思想确定了审美的

①〔德〕康德：《判断力批判》，北京：人民出版社，2002 年：第 38 页。

独立性，影响了唯美主义批评实践的“文学艺术的自律主题”。唯美主义批评的文学自律理论，或者说唯美主义批评对于文学艺术活动特殊区域的界定，从总体上来讲是对康德“纯粹美”概念的套用。受康德“纯粹美”思想的影响，唯美主义在创作上更加注重形式美，刻意追求艺术的技巧和形式美，强调超然于生活的纯粹美；理论上提出艺术不必受传统道德的约束。唯美主义者吸收了“审美不涉利害”“审美不涉概念”和“审美只涉形式”等美学观念，维护了艺术的纯洁性，他们从康德的“审美不涉利害”即推出“艺术不涉利害”，在一定程度上是有偏颇的。

康德美学思想对克里斯蒂娜·罗塞蒂等拉斐尔前派的影响主要以戈蒂耶、阿诺德和佩特（Walter Pater，1839—1894）作为媒介。法国批评家戈蒂耶等接受了康德的美学思想，把康德对于人的审美活动特殊性的界定完全移植于文学艺术领域，并提出“为艺术而艺术”的纲领，进而形成了唯美主义的思想基础和理论基石；克里斯蒂娜·罗塞蒂等接受了该理论，并应用于其诗歌创作之中。英国浪漫主义诗人柯勒律治把文学作品的直接目的界定为乐趣，这种界定文学的独立性的方式，在康德、席勒美学，尤其是游戏说，以及浪漫主义有机说的痕迹都非常明显。在文学艺术领域，英国唯美主义理论家佩特早年在牛津大学曾聆听过康德研究专家阿诺德的讲座，阿诺德关于艺术超然而无利害的观点对他启发极大。佩特的好友、拉斐尔前派诗人斯温伯恩又受到了佩特的影响，接受了康德美学思想(佩特同时也受到斯温伯恩的影响)，尽管他们拒绝接受罗斯金和阿诺德提出的“艺术是承载道德的实用之物”的功利主义观点。在诗歌创作实践中，他们强调文学艺术自身的价值，强调自我身份的认同，追求单纯的美感，或者艺术的“纯美”，在其诗歌作品中这种唯美特征得到充分体现。

然而，过分强调文学艺术的独立自主性和感官知觉美，片面强调文学艺术的超功利性，否定其社会作用，否定其理性认识作用，认为文学艺术不应受生活目的和道德的约束，其作品中表现出脱离社会生活、追求感官享受的颓废色彩，导致了克里斯蒂娜·罗塞蒂诗歌的颓废主义倾向。例如，在《魂归故里》（“At Home”）中，克里斯蒂娜·罗塞蒂采用爱情和死亡叙事模式，讲述了一个游魂返回家园，瞩望亲友宴会欢歌，而自己已死去，化成寒气，灵魂无处安息，爱情飘然逝去的凄婉故事：

我死之后，我的灵魂要返回
那个房屋，我总在里面逗留。
经过门口，我看见我的朋友
在橙绿色的树枝下举办宴会。
他们推杯换盏，觥筹交错，
他们吮吸着桃李果汁，
他们浅笑低唱，欢闹嬉戏，
充满了浓情蜜意。
我听着他们真挚的交谈：
一人说：“明天我们将
穿越那片乏味的沙滩，
环绕绵延不绝的海岸。
一人说：“潮汐到来前
我们将到达高处的小屋。”
一人说：“明天就像今天，
但更甜蜜。”
“明天”，他们喊着，满怀希望，
把愉快的旅途细细酌量。
“明天”，喊声彼伏此起，
然而昨天却没人提及。
在这美好的中午他们的生命充满活力，

而我，只有我，已经死去。
他们喊着："明天和今天"，
而我却成为昨天。
我难过得颤抖，
但没有将满身寒气从桌布吹过。
被遗忘的我瑟瑟发抖，
留，我心已碎；去，我心不忍！
穿过曾经多么熟悉的小屋，
我和爱情，飘然逝去，
恰似过路客人的记忆，
短暂停留后一切化作虚无。①

第二节 英国唯美主义的生发、流变与特征

克里斯蒂娜·罗塞蒂的创作时期，正是英国唯美主义的发轫时期，诗人自己与唯美主义存在很深的渊源关系，也存在很多共性。其诗歌无论在美学思想方面，还是艺术风格方面，都在一定程度上体现出唯美主义的特征。唯美主义亦即美学运动，诞生于西方基督教文化体系濒临崩溃之际，既是强调美学价值高于文学、艺术内涵的社会、政治主题的诗学流派，又是立足于一元世界的纯粹世俗性文艺思潮。唯美主义研究主要包括以下元素：唯美主义的思想基础（克里斯蒂娜·罗塞蒂的"灵肉一元"思想、罗斯金的美学思想、佩特的快乐主义及莫里斯的艺术美化生活思想）；唯美主义的哲学基础（康德美学、叔本华唯意志论、尼采强力意志论）；唯美主义的诗学建构（与文学实践相互伴生、相互渗透），

① 朱立华译自 *Selected Poems of Christina Rossetti*, Wordsworth Editions Ltd., 1994：51。

唯美主义的艺术创作（作家心灵的表现或作家追求美的本能），唯美主义的批判原则（以划定文学艺术活动的特定疆界作为其最初的，也是最基本的主题，但是其诗学内涵又并非仅限于此，而是有着更为丰富、更为宽泛的关注视野），唯美主义的艺术纲领（为艺术而艺术），以及唯美主义的基本思想（美不带目的，美不涉道德，美只是享受）等。[①]

一、英国唯美主义的生发、流变

唯美主义的生发和流变，与维多利亚时代的社会语境与文化语境密切相关。虽然唯美主义的文学、诗学文献隐约显现其所受的诸如古希腊罗马文化，[②]中国、日本文化元素的影响，但学界一般更认同 19 世纪西方文化对其理论缘起与生成机制的影响，主要体现在几个方面：[③]

唯美主义作为一种文艺思潮或诗学流派，经历了自己的生发、高潮与衰落阶段。唯美主义（Aestheticism）一词源于古希腊语 aisthetikos，最初只是具有文学形式美与表现技巧美等唯美主义的最原始特质，如追求“纯艺术”与美的“去世俗化”，主张将追求美、创造美作为文学实践的目标，将美神化（“美是轻纱曼舞的妙龄女郎，在我们的心灵里守护着圣洁，守护着人与动物的界线，站在人与神对话的路口”）等，尚不足以构建一种诗学流派或文学思潮。及至“为艺术而艺术”这一唯美主义信条和纲领问世之后，唯美主义文学艺术思潮才真正兴起。

第一，戈蒂耶在《阿尔贝丢斯》（*Albertus*, 1832）“序言”中

---

① 薛家宝：《唯美主义研究》，天津：天津社会科学院出版社，1999 年：第 10 页。

② 胡经之等在《西方文艺理论名著选编》下卷中提出，古希腊罗马文学已初步显现出唯美倾向和追求“纯艺术”思想。如卡里马斯科的“亚历山大诗体”，德谟克利特的文艺与审美观等。

③ 朱立华在《拉斐尔前派与 19 世纪欧洲文化思潮》一文中进行了较为全面的论述，载《广东广播电视大学学报》，2011 年，第 5 期。

提出了“艺术至上”的思想，然后在《莫班小姐》的“序”中进一步阐释了“为艺术而艺术”和“艺术至上”的唯美主义思想，后经罗斯金、柯勒律治、济慈等译介到英国，引发了对文学艺术与美的问题的关注。

而最终正是拉斐尔前派的诞生标志着英国唯美主义的真正兴起，也证实了学界的观点：克里斯蒂娜·罗塞蒂等拉斐尔前派是英国唯美主义的发端，这也是克里斯蒂娜·罗塞蒂诗歌的唯美主义诗学观研究的理论依据。之后，克里斯蒂娜·罗塞蒂兄妹等前派成员出版了《萌芽》(*The Germ*)，宣传唯美主义的唯美思想，追求文学作品的真挚情感，否认文学艺术的道德说教，追求文学作品中肉的灵化、灵的肉化，并最终达到“灵肉一元”的思想境界。

第二，拉斐尔前派成员斯温伯恩、唯美主义艺术家惠斯勒(James Whistler)、唯美主义作家爱伦·坡（Edgar Allan Poe)，[①]再加戈蒂耶的《珐琅与雕玉》的问世，共同促进了唯美主义的发展。

法国诗人波德莱尔《恶之花》（*Les Fleurs de Mal*，1857）的出版把唯美主义文学运动推向高潮。波德莱尔是戈蒂耶之后又一重要的唯美主义代表作家。他的唯美主义思想主要得到戈蒂耶《莫班小姐》的启迪。波德莱尔非常推崇戈蒂耶作品的唯美主义艺术技巧，但又认为戈蒂耶未能完全摆脱浪漫主义的影响。在接受了爱伦·坡的《诗歌原理》的影响之后，波德莱尔提出了自己的唯美主义观，即“诗除了自身之外并无其他目的”，诗的目的是“把善跟美区别开来，发掘恶中之美”。波德莱尔的唯美主义代表作《恶之花》就是在时代、人性、社会的“丑恶之中挖掘美”，因为他本

① 美国小说家、诗人、“侦探小说的鼻祖”爱伦·坡的小说和诗歌（如《大鸦》）在美国文学史上占有一席之地。事实上，他在《诗歌原理》(*The Poetic Principle*, 1850）中所提出的诸如“纯艺术”“为诗而诗”“灵魂升华”以及“诗与真理、道德无牵连”等唯美主义文论，使唯美主义在超验主义为主导的美国文坛占据了一席之地。

人认为“从恶中提出美，对我乃是愉快的事情”[①]。

第三，唯美主义的衰落是以王尔德的被捕入狱为标记的。唯美主义于19世纪90年代在英国达到了高潮，和现实主义、自然主义一样，成为当时的主流文学艺术思潮。然而，由于唯美主义者的反传统、个性化、理想化等性格特征与当时传统的、所谓的正统观点发生冲突，再加上王尔德恣情纵欲，玩世不恭，全然不顾社会舆论和道德规范，激怒了上流社会，最终因“不道德的行为”（指“同性恋”，因法庭虚伪，刻意避免使用该词）被指控而被捕入狱。随着王尔德被捕，一些唯美主义者（西蒙斯、叶芝等）转向象征主义，自此，唯美作品被拍卖，唯美杂志（《黄面志》）濒临关闭，英国唯美主义运动走向衰落，尽管它的余波影响了日本文学和20世纪20年代的中国文学。

二、英国唯美主义的艺术与思想特征

英国唯美主义特征主要体现在“为艺术而艺术”“形式至上”“诗画一律”等艺术形式之美，以及“生死轮回”“灵肉合致”等宗教思想之美；其诗学主题表现为文学艺术自律主题、个人主体地位的确立主题、先验领域的销蚀主题以及现世人生的救赎主题[②]。薛家宝在《唯美主义研究》中将其基本特征归纳为四个方面：哲学上的主观唯心主义倾向、艺术上的形式主义倾向、理论与实践的颓废倾向以及唯美主义自身的矛盾现象。虽然学者所使用的术语不同，表述的方式不同，但他们有关唯美主义的文学实践与批评实践的核心价值观，或审美观、道德观大致相同，呈现出基本相同的、具有共性的一些诗学特征。此处考察的重点是与克里斯蒂娜·罗塞蒂的诗歌相关联的一些唯美主义诗学特征。

---

① 钱春绮：《恶之花·巴黎的忧郁》，北京：人民文学出版社，1997年：第8页。

② 杜吉刚：《世俗化与文学乌托邦》，北京：中国社会科学出版社，2009年：第82、103、119、133页。

第一，艺术形式绝对化。从艺术形式的视角分析，唯美主义者追求形式至上的纯美——“为艺术而艺术”。“为艺术而艺术”是19世纪中叶西方主要的文学艺术“信条”之一。法国学者戈蒂耶最先将这一信条或口号（slogan）运用于文学创作与文学批评之中，此观点得到学界的普遍认同，但是谁最早提出该信条，目前观点并不一致。依据维基百科，“为艺术而艺术”最早出现在库辛（Victor Cousin）、贡斯当（Benjamin Constant）或爱伦·坡的作品之中。正如爱伦·坡在其《诗歌原理》中所论述：“我们思考过，写诗是为诗歌而诗歌……发现天底下不存在，也不可能存在比诗歌本身更加高尚、更加崇高的作品，诗歌就是诗歌本身而不是别的，诗歌创作正是为诗歌而诗歌。”[①]1837年发表在《威斯敏斯特评论》（*Westminster Review*）上的一篇论述拉马丁的文章中最先使用英语（“Art for art’s sake”）来表述该口号。19世纪中后期经由惠斯勒、斯温伯恩将其作为一种理论译介到英国批评界，使还处于萌芽状态的英国唯美主义正式成为一种诗学流派。

第二，个人精神绝对化。从哲学角度分析，唯美主义的许多特征与主观唯心主义渊源颇深。主观唯心主义把个人的心灵绝对化，把精神看作是脱离客观物质世界的唯一存在，客观事物是个人心灵的产物。而唯美主义文艺思想是以唯心主义哲学和各种非理性主义的社会科学作为它的形象思维活动的基础和逻辑起点的。[②]唯美主义主张艺术创作必须远离社会实践，其所遵循的自身道德发源于对美，亦即对于艺术本身的挚爱；主张艺术的超功利性、超现实性。唯美主义者强调个人的主体地位，主张个人精神绝对化，表现出“唯我”的倾向，这种倾向体现在文学艺术作品中就是超脱生死（现世与来世的轮回）、“灵肉合致”（精神与肉

---

① Poe, Edgar Allan. *The Poetic Principle*. E. A. Poe Society of Baltimore, 1850. Archived from the original on 18 August 2007.

② 薛家宝：《唯美主义研究》，天津：天津社会科学院出版社，1999年：第104页。

体、爱与性的交融），追求纯美爱情、追求个性解放，反抗宗教禁锢与传统道德。

唯美主义文学运动是对维多利亚时代物质主义和市侩风气的反拨，其“为艺术而艺术”“诗画互文”“形式至上”等艺术形式之美，“灵肉合致”“生死轮回”等宗教思想之美，再加其“文学艺术自律、个人主体地位的确立、先验领域的销蚀以及现世人生的救赎”等诗学主题，扩大了文学艺术的表现范围，扩展了文学艺术的表现方法，拓宽了文学艺术的审美视野，提供了新的文学艺术的研究视角，推动了整个维多利亚时代的诗歌、小说、散文及戏剧的巨大进步。克里斯蒂娜·罗塞蒂的《梦中情人》（“Dream-Love”）就是“诗画互文”（另有章节专门论述）的例证，诗中有画，画中有诗，将诗歌作为文本，将画作为其互文本，相互阐释，将文本视域与读者视域融合，拉近读者与文本的审美距离，解读诗歌之中的互文意义，填补空白，厘清不确定性。[①]短诗展现出“小情人”躺着做梦，周边有百合花、小白羊、白鸽、青苔和树叶交相辉映，构成一幅唯美画面，读者利用自己的想象，去解读其诗歌意义：

小情人躺着睡得香，
五月花季里，
百合花丛中，
沐浴着轻柔的春光；
来了嚼着青草的小白羊，
还来了白鸽筑巢忙；
在他身旁，
五月花簇白茫茫。

① 期待视野（域）、视域融合、审美距离、文本召唤、隐含读者以及空白和不确定理论，是姚斯和伊瑟尔开创的接受美学（Receptional Aesthetics）的几个核心概念或关键词。

柔软的青苔像枕头一样，
哦，更软的面颊枕在其上；
宽大的树叶将荫凉
撒在他倦怠低垂的眼皮上；
不觉清风佛面，
不闻绿水荡漾；
唯有春光
在天空中闲逛。
小情人躺着在做梦，
但谁人可知他的梦？
是柔美的日光
照在飒飒林梢上，
还是皎洁的月光
撒在潺潺溪流上，
是寂然无声响，
还是惹人怜爱的香唇在吟唱。
他身旁散发着焦煳味道，
昏昏欲睡的空气中萦绕；
仿佛编织着无声的舞蹈
绕着他来来回回地欢跳。
哦，倘若梦醒之后，
所有景象咋会如此美好，
欢歌与安宁
无处去寻找。
小情人躺着在做梦，
直至夏日去无痕，
恍恍沉睡去，
惚惚入梦来：
美景入眼帘，

奇妙世无双；
品尝清泉水，
泉深不见底。
神秘的天籁之音
哄他睡得多安宁，
和着乐曲的休止符
一切变得如此宁静、如此淡定：
哦，可怜的声音，
无论尘世间万物之声，
还是那尘世间的宁静，
皆攥在神秘的手掌心。
小情人躺着在昏睡
睡得半死仿佛被麻醉；
树荫清凉
罩着那沉睡的面庞；
别辜负了夏日
那温暖而宜人的气息；
倘若换了秋天
它能赐予我们什么呢？
拉上帷幕
那枝繁叶茂的常绿树帷幕；
沧桑巨变之手不会把它们触摸
用那干枯的指头：
那含苞待放的紫罗兰
不知不觉已蓓蕾初绽，
还有一只白鸽，或许
将回来在此安居。①

① 朱立华译自 *Selected Poems of Christina Rossetti*, Wordsworth Editions Ltd., 1994：97。

第三节 克里斯蒂娜·罗塞蒂的唯美主义诗学观

本节主要通过发掘克里斯蒂娜·罗塞蒂与英国唯美主义的渊源关系、共同特征，解读拉斐尔前派诗人克里斯蒂娜·罗塞蒂的唯美主义诗学观及其诗歌的唯美主义诗学特征。

第一，克里斯蒂娜·罗塞蒂与唯美主义的渊源。克里斯蒂娜·罗塞蒂作为拉斐尔前派诗人的主要成员，与英国唯美主义存在很深的文学渊源、文化渊源及社会渊源。国内学界一般认为，包括克里斯蒂娜·罗塞蒂在内的拉斐尔前派从属于英国唯美主义文学艺术运动，是英国唯美主义文学艺术运动的发端。赵澧、徐京安认为“英国唯美主义运动是由发端于 1848 年的先拉斐尔派运动揭开序幕的”。[①]薛家宝的观点与其基本一致：“1948 年拉斐尔前派兄弟会的成立标志着英国唯美主义运动的掀起。”[②]杜吉刚也认为“英国唯美主义文学艺术运动是由发端于 1848 年的先拉斐尔派运动正式揭开序幕的”。[③]周小仪提出，提到唯美主义，人们首先想到的是英国诗人克里斯蒂娜·罗塞蒂、斯温伯恩、莫里斯等，正是他们的艺术诉求与创作实践构成了英国唯美主义的主体。[④]国外学者，如保罗·法吉斯（Paul Fargis）等将济慈、雪莱以及克里斯蒂娜·罗塞蒂等拉斐尔前派的部分成员并列为英国唯美主

---

① 赵澧、徐京安：《唯美主义》，北京：中国人民大学出版社，1988 年：第 8 页。该书将英文“Pre-Raphaelite”译为“先拉斐尔派”，同样，张翔将 *Pre-Raphaelitism: Lectures on architecture and painting* 译为《前拉斐尔主义》（上海：上海人民出版社，2008 年），目前学界多用“拉斐尔前派”。

② 薛家宝：《唯美主义研究》，天津：天津社会科学院出版社，1999 年：第 31 页。

③ 杜吉刚：《世俗化与文学乌托邦》，北京：中国社会科学出版社，2009 年：第 31 页。

④ 周小仪：《唯美主义与消费文化》，北京大学出版社，2002 年：第 1 页。

义文学艺术运动的先驱，避开了二者是“共存”或“从属”关系的无谓争论。[①]

第二，克里斯蒂娜·罗塞蒂与英国唯美主义的共同特征。二者的共同特征主要体现在共时性、同源性和同质性三个方面。

其一，共时性。作为拉斐尔前派诗人之一，克里斯蒂娜·罗塞蒂与英国唯美主义历史渊源极深，皆孕育于19世纪中叶。1848年，但丁·罗塞蒂、威廉·汉特和约翰·米莱怀着兴奋、虔诚和高尚的情怀聚到了一起，共同拥护一切高尚的事物，反对卑劣的、追求实利的东西，宣布成立了拉斐尔前派兄弟会，很快，克里斯蒂娜·罗塞蒂也加入该派，成为成员之一。[②]英国唯美主义可以追溯到柯勒律治、济慈和文学批评的实践者罗斯金学界通常将其界定为前派成员之一，唯美主义批评家）时代，其雏形甚至略早于法国。虽然柯勒律治和济慈同属于浪漫主义诗学流派（前者为第一代，后者为第二代英国浪漫主义诗人），但他们的作品中却显现出唯美倾向的思想理念与文学艺术主张：柯勒律治主张“美本身是激发一切愉快而不管利益、避开利益，甚至违反利益的事物”，济慈赞扬“美就是永久的欢喜”[③]。罗斯金的美学思想主要体现在《现代画家》（*Modern Painters*）与《先拉斐尔主义》（*Pre-Raphaelitism*）之中，他在拉斐尔前派遭到责难之时，为前派成员约瑟夫·特纳辩护，[④]提出美是改造世界的伟大力量，没有美的生活是无聊的、无意义的。他们的作品蕴含早期唯美主义思想，而英国唯美主义文学艺术运动真正始于19世纪中叶，前后

① Fargis, Paul. *The New York Public Library Desk Reference (3rd Edition)*. Macmillan General Reference, 1998: 261.

②〔英〕威廉·冈特：《拉斐尔前派的梦》，肖聿译，南京：江苏教育出版社，2005年：第3页。

③ 赵澧、徐京安：《唯美主义》，北京：中国人民大学出版社，1988年：第8页。

④ Joseph Turner，拉斐尔前派画家，在《拉斐尔前派的梦》一书中译为“透纳”。

经历了半个世纪的漫长历史，[①]主要标记为唯美主义的纲领“为艺术而艺术”从法国译介到英国。[②]据芬德雷考证，1837 年法国文学批评家德西雷·尼扎尔（Desir Nisard）发表在《威斯敏斯特评论》的文章中最先使用英语（“Art for art’s sake”）来表述该口号。[③] 19 世纪中后期经由惠斯勒、斯温伯恩将其作为一种理论译介到英国批评界，使还处于萌芽状态的英国唯美主义正式成为一种诗学流派。其二，同源性。在影响接受视角下考察，克里斯蒂娜·罗塞蒂诗歌与唯美主义的理论缘起与生成机制存在诸多共性。首先，二者皆孕育于相同的社会语境与文化语境之中，诞生于西方基督教文化体系濒临崩溃之际，且都受到诸如古希腊罗马文化以及中世纪世俗文化的影响。虽然影响他们的这些哲学家、批评家、艺术家都否认上帝的存在，坚持现世一元，但不可否认，基督教作为西方文化的主体，在思维方式和价值取向等方面对克里斯蒂娜·罗塞蒂产生过一些影响，提供了一些思想资源。[④]其次，就哲学基础而言，二者都接受了康德美学思想（叔本华的唯意志论、尼采的强力意志论也产生过一些影响），主要以戈蒂耶、阿诺德和佩特作为媒介。法国批评家戈蒂耶等接受了康德的美学思想，把康德对于人的审美活动特殊性的界定完全移植于文学艺术领域，并创造出“为艺术而艺术”理论，进而形成了唯美主义思想基础和理论基石。其三，同质性。首先，克里斯蒂娜·罗塞蒂属于唯美主义诗学流派，对现世人生感到迷惘、愤懑，进而对中世纪充满怀旧之情；对工业时代的功利社会感到失望，进而逃避

① 〔英〕威廉·冈特：《拉斐尔前派的梦》，肖聿译，南京：江苏教育出版社，2005 年：第 7 页。

② 学界多认为“为艺术而艺术”（“l’art pour l’art”）最先由库辛（Victor Cousin）提出，戈蒂耶（Théophile Gautier）将其作为口号正式采纳，后译为英语“Art for art’s sake”，拉丁语“Ars gratia artis”。

③ Findlay, L. “The Introduction of the Phrase ‘Art for Art’s Sake’ into English”. *Notes and Queries*, 1973：247.

④ 杜吉刚：《世俗化与文学乌托邦》，北京：中国社会科学出版社，2009 年：第 14 页。

现世，主张忠实于自然，从而为英国唯美主义运动拉开了序幕。其次，二者皆以“为艺术而艺术”为自己的艺术主张，接受了“美是不含目的的纯粹美”“审美不涉利害”“艺术不涉道德”和“形式就是一切”等思想。克里斯蒂娜·罗塞蒂和但丁·罗塞蒂、斯温伯恩、梅瑞狄斯以及罗斯金等在文学实践、审美实践和批评实践之中自觉或不自觉地运用这些唯美主义的纲领与主张，其诗歌创作具有唯美主义诗学特征。

第三，克里斯蒂娜·罗塞蒂的唯美主义诗学观。通过梳理唯美主义的理论缘起、剖析唯美主义的诗学特征、实证研究克里斯蒂娜·罗塞蒂诗歌、探微其诗学张力、管窥其发展流变，发现克里斯蒂娜·罗塞蒂的唯美主义诗学观主要表现为艺术形式绝对化（如“诗画互文”“形式至上”等）与个人精神绝对化（如“灵肉合致”“悲剧意识”等）。唯美主义的诗学主题，即文学艺术自律、个人主体地位的确立、先验领域的销蚀以及现世人生的救赎主题，是对唯美主义纲领“为艺术而艺术”的承继、拓展与升华，概括为艺术形式绝对化、个人精神绝对化。前者指艺术的独立性，即文学艺术存在的目的就是为了“美”——形式至上的纯美，艺术存在的目的就是艺术本身。同样，克里斯蒂娜·罗塞蒂，也包括拉斐尔前派成员斯温伯恩等的诗歌注重形式，注重用语言再现感官的印象，以此来实现其艺术价值，具有明显的追求艺术纯美的特征；后者指把精神看作是脱离客观物质世界的唯一存在，客观事物是个人心灵的产物，将个人心灵绝对化。克里斯蒂娜·罗塞蒂等主张艺术创作必须远离社会实践，其所遵循的自身道德发源于对美，亦即对于艺术本身的挚爱；主张艺术的超功利性、超现实性，强调个人的主体地位；主张个人精神绝对化，表现出“唯我”的倾向，这种倾向体现在文学艺术作品中就是现世的苦痛在虚幻的来世复活或在天堂里得以解脱，超脱生死（现世与来世的轮回）、“灵肉合致”（精神与肉体、爱与性的交融），追求纯美爱情，追求个性解放，反抗宗教禁锢与传统道德。例如，克里斯蒂娜·罗塞蒂在《逗留》（“A Pause”）中，采用唯美叙事，描述了来世中“我”的灵魂为爱所困，四处游荡，将远方的人儿伫望，充满忐忑：他还爱我吗？他会为我忧伤吗？最后终于在现世中（楼梯上）传来了心上人那熟悉的脚步声响，灵与肉形成合致，达到了一元化，精神与肉体得以交融，世界充满荣光，灵魂找到归宿而“倍感舒畅”，体现了其唯美主义诗学特征：

他们用鲜花和花瓣熏香了我的卧房，
熏香了我安息的睡床；
但我的灵魂，为爱所困，四处游荡。
我听不到房檐下鸟儿的呢喃，
也不闻麦捆间刈割者的笑谈：
只有我的灵魂整天在守望，
我饥渴的灵魂将远方的人儿伫望：
我想，也许他还爱我、惦我，为我忧伤。
终于楼梯上传来了脚步声响，
过去那熟悉的手又搭在锁上：
仿佛我灵魂初次嗅到的气息来自天堂；
仿佛缓慢的时间初次闪耀金光；
缓慢的时间首次变得金黄；
我感到我的发丝罩上荣光，
我的灵魂倍感舒畅。①

① 朱立华译自 *Selected Poems of Christina Rossetti*, Wordsworth Editions Ltd., 1994：12。

第二章　灵肉合致与爱情叙事

人是由灵魂和肉体构成的一个完整的存在

——〔意〕托马斯·阿奎那

人并无与灵魂分离的身体。因这所谓身体者，原本是五官所能见的一部分的灵魂。

——〔英〕威廉·布莱克

“灵肉合致”（Reinikuikchi，又称灵“肉一元”“灵肉合一”“灵肉和谐”），通常指肉体和精神的统一和谐，也是一个文学母题，和“爱情”母题与“灵肉冲突”母题形成互文关系。“灵肉合致”是克里斯蒂娜·罗塞蒂诗歌的唯美主义思想之一，[①]也是其诗歌“爱情”母题的具体表现。克里斯蒂娜·罗塞蒂及其兄但丁·罗塞蒂、梅瑞狄斯等拉斐尔前派诗人，追求“灵肉合致”的终极爱情，即精神的结合和肉体的结合达到完美的极致，而非只得到“身”（肉体）而得不到“心”（精神），是精神和肉体的和谐一致，是两情相悦的完美结合。克里斯蒂娜·罗塞蒂诗歌将传统意义扩展，即跨越了时空的合致，一方已经“升天”或“入地”，天上或地下的灵与现世中或尘世中的肉的一元化，或者精神上幻想的爱恋，是基于“现世死亡与来世复活”（生死轮回）等死亡意识之上的一种唯美主义思想特征。克里斯蒂娜·罗塞蒂的很多诗歌以“灵肉合致”为母题，进行灵肉叙事，其爱情短诗《天堂回响》（“Echo”）

---

① 薛家宝：《唯美主义研究》，天津：天津社会科学院出版社，1999 年：第 104 页。

采用内聚焦叙事，讲述“我”渴望恋人的灵魂在天堂或梦里，回到“我”的身旁，灵与肉相依相傍：

哦，逝去岁月里的记忆、希望和爱情，
归来吧，在夜晚的寂静里，
归来吧，在梦呓的寂静里。
归来吧，你圆润的脸蛋和明亮的眼睛
像小溪上阳光明媚，
归来吧，你双眼噙满泪水。
梦，你如此甜蜜，痛苦得甜蜜，
梦醒时分本该在天堂里，
那里盈满爱意的灵魂相望相遇，
那里有热切渴望的眼神
注视着缓缓开启的大门
只准进来，不许离去。
多少个梦里你来到我身旁，
死亡的寒冷里燃起重生的希望。
多少个梦里你回到我身旁，
脉搏再次跳动，呼吸重又舒畅。
亲爱的，我们还像很久以前一样，
低声细语，相依相傍。[①]

① 朱立华译自 *Selected Poems of Christina Rossetti*, Wordsworth Editions Ltd., 1994: 116。

第一节 “灵肉合致”的理论缘起与哲学基础

“灵肉合致”诗学观源自西方神学哲学和基督教哲学，是针对西方文化的“二元性”而言的，“灵”可以指“灵魂”或“心灵”，“灵肉合致”是指精神的灵魂与世俗的肉体完美统一的境界。灵魂和肉体的关系是神学和宗教学的核心思想，从中世纪开始，一直受到哲学家的关注。

中世纪哲学家阿萨纳格拉斯（Athenagoras）认为，人有肉体和灵魂两方面，二者密不可分；灵魂不是与身体无关的纯理性，“灵魂和肉体是二元存在，是内在和外在、主导和从属之间的相互依赖关系[①]”。阿奎那（Thomas Aquinas）也承认灵魂和肉体的统一性，即人是由灵魂和肉体构成的一个完整的存在，把灵魂和肉体看作是具有主从关系的两个实体，认为神学和人学如同神性和人性一样可以完全结合，即“实质性的结合”，认为人就是由灵魂和肉体共同组成的一个实体，这个实体不单是灵魂，也不单是肉体，人所表现出的是一个具有理性的完满实体。只有灵魂和肉体结合在一起共同运动，才能显示出人之为人的本性和能力。

奥古斯丁（Augustine）也认为人是灵魂和身体的结合，提出“双重人格论”，解释灵魂和肉体对于人性的双重作用，认为灵魂和肉体的关系犹如主仆关系，灵魂作为内在的实体和本质，不能离开外在的身体成为本质，突出了灵魂的决定性作用。由此他认为，人的“原罪”并不是肉体欲望带来的，而是源于灵魂的背叛行为。人的自然本性是善的，人类的祖先犯下“原罪”才导致人类生来就有罪，“现实生活中的利己主义和享乐主义就是由原罪所

① 李剑：《西方哲学的人文传统》，合肥：合肥工业大学出版社，2008年：第96页。

造成的人性的堕落”，强调了灵魂对肉体的主导地位，即灵魂对肉体的统辖，表现为自由意志，突出了灵魂的决定性作用。由此可见，行动是灵魂和肉体共有的活动，感觉和感性是灵魂和肉体的同步功能，它们同时发生，而并非相互区别地存在。[①]

日本学者厨川白村将人类社会的两性关系概括为“肉欲时代”“禁欲主义”和“灵肉一致”三个阶段。在人类社会的不同时期，肉体欲望作为人类的本能属性一直存在着。随着文明的不断进步，精神生活逐渐加入两性关系中，成为其不可或缺的一部分，将“肉”看作是原始欲望产生的土壤，通常指向作为生物的人的身体器官，“灵”定义为人类的精神世界和道德情感。通过这些哲学家、思想家有关灵魂与肉体关系的论证不难发现，灵魂和肉体是不可分割的统一体，缺一不可，只有灵肉和谐一致才能构成一个具有理性的完满实体，才能达到一个完美的理想境界——“灵肉合致”，并最终形成“灵肉合致”的诗学观。研究发现，“灵肉合致”最早通过周作人从厨川白村译介到中国，后来他还研究了惠特曼和布莱克诗歌中的“灵肉合致”的诗学观。[②]

“灵肉合致”具有主观唯心主义倾向，认为灵魂具有主导作用，强调个人精神绝对化和个人主观能动性，主张人性自由解放和个人自由意志，体现出中世纪的人文主义思想，对西方文化产生了一定的影响。“现代西方人崇尚自由、民主、个人主义思想都可以说是‘灵肉和谐’（灵肉合致）思想影响的结果”，[③]尤其是对于后世的爱情价值观产生了较大影响，人们开始意识到爱情自由与婚姻自由，开始追求脱离世俗的、心灵与肉体水乳交融的唯美、纯真爱情。同时，“灵肉合致”的内涵意义也被“窄化”，在

① 李剑：《西方哲学的人文传统》，合肥：合肥工业大学出版社，2008 年：第 107 页。

② 孙丽：《周作人“灵肉一致”思想与英国诗人布莱克之间的关联》，载《楚雄师范学院学报》，2013 年，第 10 期。

③ 晏立农、于德晶：《天人合一与灵肉和谐》，载《吉林华桥外国语学院学报》，2008 年，第 1 期。

当下语境中，它甚至失去了神学和宗教学意义，更多指男性与女性的心灵和肉体（性）的和谐一致、肉体与精神完美统一的唯美爱情，彰显了唯美主义“现世人生救赎”主题的重要性。特别值得研究的是，克里斯蒂娜·罗塞蒂突破了传统两性间的“灵肉合致”和爱情母题，将其扩展到了亲人之间，如母女之间的一种“灵肉合致”的渴望与祈求，这也是她对英国诗歌的贡献。例如，叙事诗《凄冷的夜晚》（“A Chilly Night”），讲述了主人公在凄冷的夜晚渴望找到母亲温暖的魂灵，最终在星星点点分布的平原和山丘上看见了，但无论如何努力，就是看不见母亲的眼睛，听不清母亲的声音，缥缈的魂灵变得更加缥缈，远去的身影使暗夜更忧伤，主人公是如此的孤独和无奈。

夜深人静时我默默起床，
独自走向格栅窗，
寻找母亲的魂灵，
地上倾泻幽灵般的月光。

我的朋友一个个倒下，
中年的，年轻的，年老的，
与那些冷酷的朋友相比，
魂灵对我更温暖。

终于看见了魂灵，我瞅啊瞅，
星星点点分布在平原和山丘。
他们立在皎洁的月光之下，
但地上却没有他们的影子，
他们说话但没有一点声音，
他们跳跃但没有一点声响。

我喊道："哦，亲爱的妈妈。"
我哭道："哦，慈爱的妈妈，
请为我做一张孤独的床，
一张不受风吹雨打的床。"
……
妈妈抬起她的眼睛，
眼神空洞，什么也看不清，
而目光却紧盯着我，
似乎注视着我。

她张开嘴说话，
我一个字也听不见，
我的肌肉在骨头上颤动，
我的每根头发都被搅动。

她知道我听不见
她说的话，
我是长久地等待，
还是很快去睡觉。
……
我竭力想听懂她的话，
她竭力让我听懂她，
但我伸长的耳朵，
从未听到一句话。

从半夜到鸡叫，
我痛苦地守望，
缥缈的魂灵变得更加缥缈，
远去的身影使暗夜更忧伤。

从午夜到鸡叫，
我望着直到一切都去了，
有些人长眠在汹涌的大海里，
有些人长眠在草皮和石头下。
活着的失败，死了的也失败，
我仍是孤独一人，多么无奈。[①]

第二节　克里斯蒂娜·罗塞蒂的“灵肉合致”诗学观

克里斯蒂娜·罗塞蒂的“灵肉合致”诗学观的形成，是受了当时的社会文化语境的影响。克里斯蒂娜·罗塞蒂诞生于英国维多利亚时代，一个“西方基督教文化体系濒临崩溃”的时代，一个标榜道德的时代，一个主张禁欲的时代，一个对18世纪后期奢靡、放纵的社会风气一种反拨的时代。清教主义的核心价值观——道德和禁欲已经渗透到日常生活之中，[②]过分推崇道德，尤其是女性道德，使民众普遍存在一种对性的焦虑情绪。诗人虽然意识到性对于爱情、家庭以及社会生活的重要性，但没有勇气直面性的问题，在性的问题上非常敏感、矜持，对性爱的描写极为节制，处于一种“现代性焦虑状态”，因此作为一种心理补偿，她着力于描写年轻人的纯真爱情，因为这种爱情主要是精神的、理想的，所以既吸引人，又不失崇高感。[③]对唯美爱情的礼赞与崇拜实际上是对维多利亚虚伪道德的反驳，体

---

① 朱立华译自 *Selected Poems of Christina Rossetti*, Wordsworth Editions Ltd., 1994：3。

② 当时，清教已经不再是国教，英国国教为安立甘宗（Anglican），是新教主要宗派之一，与信义宗、归正宗合称新教三大流派，中国常称圣公会。

③ 李佳憶：《论拉斐尔前派诗歌的唯美主义特征》，载《华南理工大学学报》，2007年，第4期。

现出反道德倾向。诗人眼中的爱情是纯粹的唯美爱情，是灵魂和肉体的完美统一；是天堂虚幻的精神之爱与凡尘世俗的肉体之爱的完美统一，肉的灵化，灵的肉化，达到“灵肉合致”的境界。

克里斯蒂娜·罗塞蒂像拉斐尔前派诗人但丁·罗塞蒂、莫里斯和梅瑞狄斯一样，其诗歌大都具有“灵肉合致”的诗学观。在她的《诗歌》（*Verses*）等7部诗集中，大概有三分之一涉及爱情主题叙事，表达了真爱难觅、真爱易逝的凄婉哀怨，代表作品包括《爱情花环》（“A Ring Posy”）、《爱情三重唱》（“A Triad”）、《爱已死亡》（“An End”）、《天堂映像》（“Paradise: In A Symbol”）、《勿忘我》（“Remember Me”）、《红尘》（“The World”）、《微笑与叹息》（“A Smile and a Sigh”）、《修道院门槛》（“The Convent Threshold”）等，体现了复杂多变的心路历程、爱恨交织的情感体验、肉身之爱的易逝和精神之爱的永恒。

一、“灵肉合致”与“灵肉冲突”的矛盾书写

灵魂与肉体完美结合，达到“灵肉合致”的精神爱情是唯美的，现世（世俗）之爱与精神之爱的统一是美好的，而现世人生中真爱难觅、真爱易逝却是苦痛的。通过文本细读可以发现，克里斯蒂娜·罗塞蒂的爱情诗几乎没有一个成功的爱情案例，或爱情已死亡，自己痛失爱情，或自己已死亡，与爱情失之交臂。她的诗“描写的几乎全是爱之失落和挫折，极罕涉及有情人终成眷属的至乐至福”；她的诗歌“厌世但不悲观”，体现出现世人生中真爱易逝、真爱死亡的凄婉哀怨，以及寄希望于精神之爱、来世之爱、天堂之爱的祈盼。因此，“尽管她的诗歌基调阴郁忧伤，读来却不会使人产生压抑腻烦之感，因为她的诗歌清新自然，语言平淡优美，音韵灵活悦耳；同时又极富哀婉缠绵之美，读起来纯

粹是一种艺术享受”。[①]克里斯蒂娜·罗塞蒂有关爱情、死亡、宗教的矛盾心理主要体现在以下两个方面：

第一，爱情与死亡冲突的矛盾叙事。克里斯蒂娜·罗塞蒂诗歌的特征之一就是把爱情与死亡这两个母题，或两个文化意象并置，进行矛盾叙事，现世中真爱难觅，而只有在死亡之后，在来世或在彼岸，唯美的爱情才可获得。如其爱情诗《爱已死亡》：

爱已死亡，尽管它坚强如死亡，
来吧，在凋谢的花丛中，
让我们给它布置安息的地方。
青草种在它头旁，
再来块石头脚边安放，
在黄昏寂静的时光，
我们可以稳坐其上。
爱诞生于春天，
却夭折在收割之前；
在最后一个温暖的夏日里，
它毅然离我们而去，
不忍目睹秋日黄昏的灰暗与凄凉。
我们坐在它的墓旁，
哀叹它的死亡。
琴弦低沉而悲凉，
我们和着来吟唱：
“凝视着青草，我们的目光，
岁月流逝，青草也披上忧伤；
那一切，历经久远的时光，

①《英国19世纪文学史》，钱青主编，北京：外语教学与研究出版社，1996年：第200页。

依然令我们联翩浮想!”①

爱情与死亡的内在统一,“生死不渝”是古今中外诗歌的一个永恒的主题。在死亡意识中,领悟爱情的珍贵;在死亡的恐惧中,感受生命的可贵。克里斯蒂娜·罗塞蒂经常将爱情与死亡并置,通过死亡反照爱情的凄婉之美。此观点源自《圣经·雅歌》,既是对爱情的礼赞,也是对死亡与爱情矛盾心理的哀叹,对生命的意义与爱情的价值的思考。诗人运用象征和拟人的手法,赋予爱情灵魂和生命,将“毅然离我们而去”的爱情葬于花丛之中,种青草、摆石头,呆坐在墓旁,黯然神伤,再加上“秋日黄昏的灰暗与凄凉”“青草也披上忧伤”“琴弦低沉而悲凉”的凄婉氛围,诗人为爱情的死亡发出叹息,“哀叹它的死亡”,抒发了自己对真爱易逝的凄婉哀怨之情,表达了少女对于获得“灵肉合致”的真挚爱情的祈盼,以及通过精神之爱消解爱情与死亡的矛盾。在《爱已死亡》中,诗人开篇直抒胸臆,提出了“爱情坚强如死亡”的观点,在《无名的莫娜》(*Monna Innominata: A Sonnet of Sonnets*)第七首中再次强调该观点:“死亡坚强,爱情坚强如死亡。”

“爱我,因为我爱你”——回答我,
“爱我,因为我爱你”,我们快乐的一双
站在这片繁花似锦的爱情土地上,
爱情无疆。
爱把房建在岩石上,而不是沙子上,
爱微笑时,风却咆哮,满是绝望。
谁曾发现爱的城堡无人居住?
谁曾囚禁爱的自由?

① 朱立华译自 *Selected Poems of Christina Rossetti*, Wordsworth Editions Ltd., 1994:99.

我的话大胆而心却是个懦夫，
少欢聚而多别离愁，
你也要提高爱的艺术！
我在《圣经》中寻求慰藉，它说，
嫉妒很残忍如同坟墓一样，
死亡坚强，爱情坚强如死亡。[①]

再如，《无名的莫娜》第十首，也是有关爱情与死亡的矛盾叙事：

时光飞逝，希望飘零，生命扇动疲惫的翅膀，
死亡紧跟着生命，占据了一些地方。
信仰，紧跟着每个人热切的面庞，
跑在别人前面，将一切照亮，
离开了尘世，尚存一息来祈祷和歌唱。
爱情，首先增加了对上帝的颂扬，
祈求他的恩典，感恩他的恩典，
满足于白昼和夜晚赐予的东西。
当爱情张不开翅膀，生命凋亡，
希望倦怠，脉搏细弱不张，
亲爱的朋友，让我们平静地安息。
很快，衰老和忧伤停住了，
很快，新生的生命摒弃了
消亡、腐烂、死亡，留下的都是爱。[②]

---

① 朱立华译自 *Selected Poems of Christina Rossetti*, Wordsworth Editions Ltd., 1994：210。

②《无名的莫娜》共包括 14 首诗，皆为朱立华所译。

第二，爱情与宗教冲突的矛盾叙事。这种矛盾冲突心理主要表现为甜蜜爱情和宗教信仰之间的冲突，在克里斯蒂娜·罗塞蒂的诗集中体现出来。研究克里斯蒂娜·罗塞蒂的诗歌发现，宗教与爱情故事、宗教与死亡故事是她偏爱的创作题材，当然她对情欲和性爱的描写，较其兄更为理性和克制，因为她是个虔诚的清教徒。宗教信仰（如禁欲主义）可以禁锢人性，可以阻挠爱情，可以带来心灵的重负，可以导致精神的苦痛而死亡，这种爱情与宗教的矛盾冲突心理，在克里斯蒂娜·罗塞蒂的短诗《微笑与叹息》中有所体现：

微笑是因为黑夜的短暂，
和黎明带来的极度快活，
甜蜜地做爱，无害的嬉戏：
爱，创造和发掘它的财富；
爱，是笔无法估量的财富。
叹息是因为白昼的漫长，
漫长的日子在叹息中消亡，
心灵的重负使歌声哀婉忧伤，
时光拖慢本应飞逝的脚步，
我们活着却注定会死亡。[①]

受玄学派宗教诗人多恩（John Donne）和赫伯特（George Herbert）的影响，克里斯蒂娜·罗塞蒂的诗歌之中宗教与情爱相互交织，世俗的爱与灵幻的爱交融合致，既笼罩着神秘、宗教与梦幻色彩，又蕴含着唯美、忧郁与纯真风格，使她的诗歌具有双重张力：现世人生苦旅的哀怨和来世精神拯救的祈盼。宗教的禁

① 朱立华译自 *Goblin Market and Other Poems*, Dover Publications, Inc., 1994, 65。

锢导致心灵的重负，宗教的信仰导致爱情的牺牲，心灵的重负和爱情的牺牲导致其诗歌凄婉阴郁，黯然神伤，这些特征和美国女诗人迪金森（Emily Dickinson）的诗歌特征具有颇多相似之处。①

宗教通常显示为“神性”，和“人性”构成一对矛盾对立统一体，神性对人性的禁锢与人的本能对情感的追求之间存在着难以调和的矛盾。克里斯蒂娜·罗塞蒂作为一个虔诚的清教徒，她的性格体现出禁欲主义特征，她的灵魂经常处于神性与人性的矛盾对立之中，在人性和神性之间徘徊，最终导致其两次失败的爱情，给她的精神和肉体带来创伤。因此，她的诗歌基调凄婉哀怨，带有浓郁的宗教色彩和一定的悲剧色彩。

克里斯蒂娜·罗塞蒂在《我拿什么奉献给你》（“What Would I Give”）中再次论述了“肉欲”与“灵魂”的关系，以及玷污的灵魂经过洗礼而变得纯洁：

> 我拿什么奉献给你，能温暖我的肉欲之心，
> 我什么都可奉献，除了这颗冰冷如石的心，
> 这颗糟糕透顶的心，又小又冷又硬。
> 我拿什么奉献给你，如果只有知心话语。
> 但现在我悲惨的灵魂已变得默默无语。
> 快乐的朋友，走自己的路吧，我缄口不语。
> 我拿什么奉献给你，泪水，不是微笑而是热泪，
> 将那污点清洗干净，将那经年的冰霜融解，
> 将那污渍刷洗干净，让我重新变得纯洁！②

---

① 唐根金：《英美诗坛两女杰——罗塞蒂和迪金森之比较》，载《福建外语》，1998年，第4期。

② 朱立华译自 *Goblin Market and Other Poems*, New York: Dover Publications, Inc., 1994: 53.

二、超越时空、脱离世俗的爱情叙事

诗人对生命、爱情、死亡、永恒给予高度的关注，其诗歌之中处处显示出对唯美爱情的祈盼，对肉体之爱与精神之爱完美统一的渴求，以及对“肉身之爱，有时而尽，唯独精神之爱，方能长存”的感悟。例如，在《魂灵的恳求》（*The Ghost's Petition*）中，克里斯蒂娜·罗塞蒂采用宗教叙事，讲述了在场宗教文化语境中，现世中的妻子，在那恼人的夜里，听到阴风呜咽，树叶飘零，期盼逝去的丈夫的魂灵重返家中。而随着一阵脚步声，灵闪身飘入屋中央，夫妻互诉无尽的哀伤，丈夫恳求妻子不要寸断肝肠，以便他的魂灵在地下得以安息。最后妻子宁可舍弃父母兄弟，也要随夫而去，勾勒出另一个世界的幸福家园，在那儿，现世的苦痛在虚幻的来世得以解脱，来世中的灵与现世中的肉、精神与肉体得以交融与合致，并达到一种完美的爱情：

“飘来一阵脚步声，仔细听。”
“阴风呜咽，树叶飘零，
草地上却不见来人的踪影。”
“飘来一阵脚步声，姐姐，快听。”
“溪水涟漪，波光粼粼，
小溪旁却不见来人的踪影。”

“可他承诺他将返回，
或今晚，或明天，或喜或悲，
他会信守诺言回家，一定会。
他承诺他将返回，
他的诺言掷地有声感天动地，
他会信守诺言回家，一定会。”

“快睡觉吧，简，亲爱的妹妹；
你定能安睡，无需疑虑与伤悲，
时时刻刻去盘算他能何时返回。”

“我坐这儿再等会儿，再看看。”
黑暗中一只手摸索着找到门闩，
刺耳倾听，心存期盼。

夜幕降临后，黎明到来前，
姐姐躺着沉睡，妹妹坐着啜泣，
谁在守望，谁在流泪，在那恼人的夜里。
夜幕降临后，黎明到来前，
姐姐躺着沉睡，妹妹坐着啜泣，
守望、流泪，挚爱的情郎阴阳分离。

楼梯上飘来一阵脚步声，
门外楼梯上立着一个人，
像一阵风似地摇晃着门。
门儿轻轻一晃，
她的情郎闪身飘入屋中央，
门儿迅疾关上。

“咦，罗宾，你怎么浑身冰凉，
像寒夜的露珠一样，
面色苍白像羊圈里的迷途羔羊。”
“哦，罗宾，你回来太晚了，
过来坐在我旁边，坐在这里把妹撩。”
（壁炉中燃烧着蓝色火苗。）

“不要再把你的头埋入我的怀里，爱妻，

我再也不能拥你，抱你，
也不能给你乐享的护庇。
不要把你的手放在我僵直的手里，
我已变成魂灵，来自草地，
那里的树都倒在地上，无法挺立。
我们是树，但叶子已掉光，
我们头低垂，但没有眼泪流淌，
我只是因为爱妻的悲伤而哀伤。

要是你不这么悲伤，
我就可以一直安心地独自待在那个地方，
可我无力掩耳，总是能听到你寸断肝肠。
如果你不这么悲啼，
我就无牵无挂，可以安息，
可你坐那儿守望，不眠不休，哀伤悲戚。”

“‘哀哉，痛哉’一直响在我耳畔，
哦，黑夜也凄惨！白日也昏暗！
就是这让你无法摆脱亲人的羁绊？
你曾经如此呵护我，一个暖男，
比和煦的春风更加温暖。
而今寒风却比你温暖，看见你我心发颤。

啊，我有情有义的丈夫，
为了你我舍弃所有，远离兄弟父母。
事实证明我的选择无误。
在地下黑暗的另一个世界里，
你做些什么？我愿跟随你。
你做些什么？你找到什么？在那里。”

"我在那边做什么，我不能告诉你，
但我将拥有很多：开心的朋友，贤惠的爱妻，
温柔的手创造了我们的家园，
我们不再恐惧，我们充满
希望和欢乐，我们才可以心安。"

"哦，罗宾，我很想到你那边来，
因为你现在的日子是那么的愉快，
而我的日子却是那么的乏味倦怠。
……"①

克里斯蒂娜·罗塞蒂的《魂灵的恳求》，是典型的超越时空(一人在凡尘，一人在地下)、脱离世俗的人鬼情未了的爱情叙事。爱情与死亡结合后的精神再生，乃能延续爱情至永远；唯独爱情才能超越时间，脱离世俗的牵绊，进入人生永恒的欢愉，追求超越时空、脱离世俗的精神之爱；主张地下的灵的爱与地上的肉的爱应该完美统一，肉的灵化，灵的肉化，达到"灵肉合致"的完美境界。《无名的莫娜》中的第十一首和第十四首都体现出相似的"灵肉合致"的爱情诗学观。例如，

第十一首

来世很多人会提起你，
"他爱她"，而他们会怎么议论我？
我爱你只是游戏而已，
就像慵懒的女人追求时尚。
让他们叨叨，他们哪知我们的爱，

① 朱立华译自 https://www.poemhunter.com/poem/the-ghost-s-petition/。

我们别离的难言惆怅，
生离死别而重逢无望，
人世间无望，又不见天堂。
我向你袒露我的心、我的爱，
我的爱不会让你徒劳等待，
爱，穿过死亡的门廊，
离你而去，但会重来，
我要你在上帝前讲明白，
是一生，不是一刻，我对你的爱。

第十四首

青春不再，美貌已成记忆，
即便这张可怜的脸似曾美丽。
美貌随青春而去，还剩什么值得欣喜?
我不会在秀发上绑玫瑰，
让面颊羞愧，其实一点也不美，
把玫瑰留给青春，它不怕刺，
我将不再找寻鲜花，
只找长在庄稼地里的寻常花。
青春已逝，美貌已去，还剩什么?
心中的渴望被压抑，
寂静的心充满爱和渴望，
寂寞的心开始吟唱，
青春与美貌在夏日早上，
寂寞的爱再也不能吟唱。

无独有偶，克里斯蒂娜·罗塞蒂的《魂灵的恳求》和其兄长但丁·罗塞蒂的《神女》(*The Blessed Damozel*，一译《神佑的女郎》），在叙述模式和叙事功能方面存在很多共性（兄妹之间的影响联系是必然的），都是典型的“灵肉合致”的爱情叙事诗。但丁的《神女》是“灵肉合致”的经典之作，诗人描写了“升天神女”在天国翘首以待，祈盼着与自己的情郎相会，以及相会后缠绵悱恻的缱绻之情，把人间的情愫倾注到宗教题材中，既有人性和感觉的浓厚色彩，又有神性和灵感的神秘色彩：

天堂的金栏杆黄澄澄，
天女依栏探出身。
她的双眸
比平静的潭水更深。
三朵百合手中捧，
七颗星星发间缝。
她的长袍从扣到边没有带子扎，
也没有装饰的花，
唯有玛利亚赐予的白玫瑰头上戴，
为了做礼拜。
飘飘金发身后披，
…………
她正立在
天庭的围墙之上。
那是上帝跨越无比的深邃
建立的天与地的分界。
高高地，她从那儿俯视，
几乎看不到太阳。
那是立于天宇，跨越
天地洪流的天桥。
天桥下，交替着白昼与夜晚，

光明与黑暗作为交替的边缘。
天地间的空旷，低垂到地球像
焦躁的小矮人一样旋转的地方。
她周围，情侣
在永恒爱情的喝彩中相遇，
不停地呢喃彼此
永存于心底的名字。
他们的灵魂升天
从她身旁经过恰似焊焰。
她依旧躬身屈体，
环形的美体充满魅力。
她的酥胸一定温暖了
她斜依的金栏杆，
百合花偎着她的弯弯臂膀，
仿佛进入梦乡。
她从天堂依栏的地方
注视着脉搏般跳动的时光
穿越了整个世界。她深邃的目光
奋力穿越前方。
她说着话就像
群星在它们的星座里欢唱。
去了，太阳，弯弯的月亮
像一片小小的羽毛
从深邃的天空飘然落下。此刻她
正对着晴朗的天空说着话。
她的声音犹如点点繁星
齐声吟唱的天籁之音。
…………

"愿他来到我身旁，
因为他想。"她说道。
"难道我没有祈祷，在天堂？
上帝啊，难道他没有祈祷，在地上？
难道两个祈祷者的力量还不够强大？
还要我感到害怕？"
"头缠神圣的光环，
身着白色的衣衫，
我将牵着他的手一起走向
那深邃的亮光。
我们将下到溪流旁，
去沐浴上帝的目光。"
"我俩将立于神殿旁，
神秘，隐忍，人迹稀少，
神灯不停地摇曳着
向上帝祈祷。
只见年长的祈祷者得到恩赐，
一个个像朵朵轻云飘然散去。"
"我俩将躺在
那茂密的神奇树荫里，
在这隐秘的地方，那只鸽子
有时觉得自己就在这里生息，
此时上帝之羽触到的每一片叶子
都清楚地传诵着他的名字。"
"我就这样躺着，
将亲自教他，
我在这儿吟唱的颂歌。他的声音
将平缓地停顿，

每次停顿他将学到新的知识，
或新的东西。”
（唉，我们俩，我们俩，你说的！
你定会伴着我
直到地老天荒。上帝可能
把一个和你的灵魂相似
但对你没有爱情的灵魂
化作一体的永恒？）
“我俩”，她说，“将找寻
圣母玛利亚
和她的五个侍女安居的那片小树林，
她们的名字宛如五支甜美的交响曲，
塞西丽、格特鲁德、玛格达伦、
玛格丽特和罗萨莉丝。”
“她们围坐在那儿，发髻高绾，
前额佩戴花环。
正在把金色的丝线，
织成白得耀眼的精美布匹，
为那些刚出生就已殒殁的生命
制作出生时的睡袍。”
“或许他会害怕而不肯说话：
那我就会把我的面颊
紧贴着他，诉说着我们的爱情
如此坦荡，如此伟大。
仁慈的圣母会赞许我
让我自豪地将爱表达。”
“圣母将亲自，手挽手把我们交给我主，
所有的灵魂

跪在我主周围，数不清的一排排圣徒
带着花环弯腰鞠躬。
接待我们的天使将
和着西特琴与吉他低吟浅唱。”
“我将祈求耶稣我主，
为了心爱的他和我，
——让我们就像在尘世间一样
永远相亲相爱；
——让我们就像那短暂的从前一样
永远相守相伴，他和我。”
她注视着、倾听着，轻声说：
言语间忧郁少于温柔，
“他就要来到。”她静候着。
阳光抖落在她身上，天空飘飞着
多情的天使。
眼神中饱含祈求，她笑了。
（我看见她笑了。）然而，远方的路
很快变得模糊。
于是她将臂膀
搭在金色的栏杆上，
脸深埋在双手里，
开始抽泣。（我听到了她的眼泪。）[①]

虽然《魂灵的恳求》和《神女》这两首诗叙事人物不同，一个是丈夫，一个是妻子，但叙事功能是相同的，即存在一个灵魂；空间不同，一个在地下，一个在天上，但都指向一个事实：逝去

① 朱立华译自 *Pre-Raphaelite Poetry*, New York: Dover Pubications, Inc., 2003: 1。

的灵魂，凡间已不复存在；场景不同，前者是构想深夜返家相会，后者是幻想天边眺望，但主题相同，即生死相依，不离不弃。二者皆为唯美的爱情叙事，通过天国（地下）神女（情郎）对人间情人的恋情，把人性和感觉的自然色彩与神性和幻觉的神秘色彩融为一体，完美地体现了天上与地下之爱的融合。

事实上，克里斯蒂娜·罗塞蒂爱情叙事的诗歌不下百首，礼赞唯美爱情、悲叹真爱难觅，体现在诸如短诗《暂停的想法》（“A Pause of Thought”）、《天堂回响》以及《无名的莫娜》第四首等爱情叙事诗歌之中。在《暂停的想法》中，克里斯蒂娜·罗塞蒂表达了“明知追求真爱无益处，你还追求它”的爱情祈盼：

> 我的期盼虚无且渺茫，
> 遥遥无望让我心疼不已，
> 多少岁月匆匆逝去，青春的希望
> 才能遂人意。
> 我守望、我等待，矢志不移，
> 尽管目标早已离我远去，
> 日复一日，我如此渴望，
> 我等待、我守望。
> 有时我告诫自己：爱已不复存在；
> 停止那身心疲惫的无谓等待；
> 我将放手以求得心灵的安宁；
> 可我从未真正消停。
> 有时我也告诫自己：爱徒具虚名，
> 我为何追求虚名而放弃，
> 生活的安宁？
> 可我依然要放弃。
> 唉，你这呆瓜，

仿佛不懂欢娱或痛楚；
明知追求真爱无益处，
你还追求它。

而《天堂回响》的叙事场景则是梦里幻想，在梦中“你来到我身旁，死亡的寒冷里燃起重生的希望”，“盈满爱意的灵魂相望相遇”：

哦，逝去岁月里的记忆、希望和爱情，
归来吧，在夜晚的寂静里，
归来吧，在梦呓的寂静里。
归来吧，你圆润的脸蛋和明亮的眼睛
像小溪上阳光明媚，
归来吧，你双眼噙满泪水。

梦，你如此甜蜜，痛苦得甜蜜，
梦醒时分本该在天堂里，
那里盈满爱意的灵魂相望相遇，
那里有热切渴望的眼神
注视着缓缓开启的大门
只准进来，不许离去。

多少个梦里你来到我身旁，
死亡的寒冷里燃起重生的希望。
多少个梦里你回到我身旁，
脉搏再次跳动，呼吸重又舒畅。
亲爱的，我们还像很久以前一样，
低声细语，相依相傍。

通过分析克里斯蒂娜·罗塞蒂诗歌的爱情叙事，发现“灵肉合致”是其唯美主义思想特征之一，是个人精神绝对化的体现；“灵肉合致”和古希腊哲学、中世纪的神学及宗教学存在渊源关系，随着社会语境与文化语境的变迁而发生意义变迁，即由世界万象的灵魂与肉体的统一的普世哲学（类似于儒家的“天人合一”），窄化为当下语境中专指男女之间的唯美爱情，专指两性之间灵魂和肉体的完美统一、现世之爱与精神之爱的和谐一致，亦即天堂虚幻的精神之爱，与凡尘世俗的肉体之爱的完美统一的理性爱情哲学观；“灵肉合致”的唯美主义思想特征主要表现为超越时空、脱离世俗的精神之爱，以及现世之爱（“灵肉二分”）的哀怨与精神之爱（“灵肉合致”）的祈盼。通过研究发现一些尚需思考的问题：

第一，“灵肉合致”哲学观与颓废主义（Decadency）、感官主义（Sensuality）的内在关联问题。“灵肉合致”哲学观与颓废主义、感官主义既有区别，亦有联系。[①]三者皆与肉体、性、爱有关。“灵肉合致”是性与爱的和谐统一、灵魂和肉体的和谐一致、现世之爱与精神之爱的完美结合，爱是其思想内核，占主导地位，肉体、性处于从属地位。“灵肉合致”的爱是精神之爱，没有精神之爱的性与肉欲，套用一个网络词语，是“耍流氓”，类似于当下语境中的“不以结婚为目的的恋爱是耍流氓”。颓废主义指堕落、颓废，是当代学者所诟病的一种文化思潮，但是19世纪末的欧洲各文艺流派，在哲学和美学思想上与颓废主义同出一源，他们的作品多具颓废倾向，因此颓废派文艺又称世纪末文艺。颓废主义的思想基础是主观唯心主义、非理性主义，所体现出的爱是病态或变态的。如拉斐尔前派成员斯温伯恩和日本诗人谷崎润一郎等对女性美的病态迷恋，以性和肉欲来麻痹自己的灵魂，是“纵欲”。感官主义，亦称肉欲主义、享乐主义等，是“以感官快乐为最”

① 朱立华：《感官、唯美与颓废——阿尔杰农·斯温伯恩诗歌的审美特征解读》，载《时代文学》，2011年，第12期。

的一种伦理学说，文学领域指不以爱情为目的的、纯肉欲快感的迷恋，是“耍流氓”，但并非“一夜情”，感官主义不讲情，只求“欲”。由此可见，“灵肉合致”哲学观与颓废主义、感官主义皆与肉体、性、爱有关，前者强调灵肉合致的精神之爱，后者注重灵肉二分的感官享受，存在本质区别。

第二，“灵肉合致”与唯美主义的内在关联问题。“灵肉合致”强调的，诸如灵魂与肉体、性与爱、肉体与精神的和谐一致，其实质是对传统宗教思想和传统道德文化的消解和颠覆。这种哲学观与唯美主义的“审美不涉道德”“为艺术而艺术”等美学思想一脉相承。

西方传统宗教思想和传统文化具有明显的二元性质，正如法国作家雨果所言，“这种宗教是完整的，……它开宗明义就向人指出，生活有两种，一种是暂时的，一种是不朽的；一种是尘世的，一种是天国的。它还向人指出，就像他的命运一样，人也是二元的，在他身上，有兽性，也有灵性，有灵魂，也有肉体；总而言之，人就像两根线的交叉点，像连接两条锁链的一环，这两条锁链包罗万象，一条是有形物质的系统，一条是无形存在的系统，前者由石头一直到人，后者由人开始而到上帝”。[①]这与“灵肉合致”的一元意识形成明显的对立关系，“灵肉合致”是“二元性”的解构和颠覆。克里斯蒂娜·罗塞蒂所体现出的“灵肉合致”，或者唯美主义思想特征，在现时语境中，与主流道德观与价值观并不矛盾，是主流社会所认可和接受的哲学观，而在保守的维多利亚时代，却是对“二元化”的正统宗教观和道德观的消解和颠覆。总之，“灵肉合致”对传统宗教思想和传统道德文化的消解和反叛，与唯美主义的“审美不涉道德”“为艺术而艺术”等美学思想一脉相承，“灵肉合致”的哲学观为唯美主义诗学构建提供了理论和实证基础。

---

① 转引自杜吉刚：《世俗化与文学乌托邦》，北京：中国社会科学出版社，2009 年：第 172 页。

第三章　诗画互文与互文叙事

任何文本都是引语的拼凑，任何文本都是对另一文本的吸收和改编。

——〔法〕朱莉娅·克里斯蒂娃

诗是有声的画，画是无声的诗。

——〔希〕西摩尼德斯

本章主要在互文叙事视域下对克里斯蒂娜·罗塞蒂诗歌的“诗画互文”美学观进行研究。作为拉斐尔前派主要诗人之一，克里斯蒂娜·罗塞蒂主张将“为艺术而艺术”的艺术纲领移植到文学领域，主张创作理念和创作技巧的革新，追求艺术中严肃的、富有真情实感的东西，崇尚拉斐尔之前真挚和质朴的艺术风格，推崇文艺复兴早期与中世纪的文艺精神。[①]其诗歌推崇艺术美，追求形式美，经常将诗与画有机结合，形成了“诗画一律”的唯美主义诗学特征，具有强烈的抒情色彩。研究方法既包括传统的“内在式”的叙事研究，将诗和画视为两种艺术形式，诗为文本，画为副文本（狭义互文），探讨诗画互鉴，发掘克里斯蒂娜·罗塞蒂诗歌的美学思想与美学价值，回归艺术本体研究；也包括现代的“外在式”互文叙事研究，将诗画视为一个文本，将其社会、文化及历史等语境构成的生成语境作为互文本，分析文本与互文本之间的互文性关系，阐释克里斯蒂娜·罗塞蒂诗歌经过审美实

① 杜吉刚:《世俗化与文学乌托邦》，北京：中国社会科学出版社，2009 年：第 31 页。

践而增值了的文本意义，借助文本的影响研究，发掘新的美学思想与美学价值。

第一节　克里斯蒂娜·罗塞蒂诗歌的互文叙事

克里斯蒂娜·罗塞蒂具有反传统意识，即反对当时经院式的抽象化和形象化的艺术倾向，反对缺乏灵感的艺术技巧，主张创作理念和创作技巧的革新，追求艺术中严肃的、富有真情实感的东西，崇尚拉斐尔之前真挚和质朴的艺术风格，推崇文艺复兴早期与中世纪的文艺精神。[①]克里斯蒂娜·罗塞蒂强调文学的自律性，主张文艺脱离政治，否认文学艺术的社会功能，强调艺术技巧，简言之，不注重道德说教，只诉诸感觉形式，注重形式之美。基于以上的创作理念和指导思想，克里斯蒂娜·罗塞蒂追求唯美的形式和细腻的人物描摹，将真挚的情感融入作品中，表现为插图和题画诗，以画为无声诗，以诗为有声画；另一方面，虽然克里斯蒂娜·罗塞蒂以诗人而闻名，但她也可以绘画，既作诗又绘画（小时候就学习绘画，同时但丁·罗塞蒂与伯恩·琼斯等也为她的诗歌绘制插图），故其作品诗中有画，画中有诗，诗画两个文本互动与互鉴，不断生成大于文本意义的作品意义。

20 世纪 60 年代兴起的互文性理论（Intertextuality，又称为“文本间性”或“互文本性”），是孕育于结构主义和后结构主义的文学理论，有广义和狭义之分，广义互文性是指文本与赋予该文本意义的知识、代码和表意实践之总和的关系，社会、文化和历史语境视为互文本。狭义的互文性是指一个文本与可以论证的存在

① 杜吉刚：《世俗化与文学乌托邦》，北京：中国社会科学出版社，2009 年：第 31 页。

于此文本中的其他文本之间的关系。[①]互文性将生成语境作为互文本，将解构主义、新历史主义和后现代主义的文学批评的合理因素都纳入其体系之内，从而也使自身在阐释上具有了多向度的可能。

互文性这个术语最早是由法国符号学家、女权主义批评家朱莉娅·克里斯蒂娃（Julia Kristeva），以巴赫金的对话理论为基础，在《如是》杂志上发表的两篇文章中首次提到的。1966 年发表的第一篇《词、对话、小说》中第一次出现这个术语，1967 年发表的第二篇《封闭的文本》中进一步明确了定义。1969 年出版的著作《符号学，语意分析研究》正式推出互文性的概念和定义："横向轴（作者—读者）和纵向轴（文本—背景）重合后揭示这样一个事实：一个词（或一篇文本）是另一些词（或文本）的再现，我们从中至少可以读到另一个词（或一篇文本）"，"任何作品的文本都像许多文本的镶嵌品那样构成的，任何文本都是其他文本的吸收和转化"。[②]她认为，文本研究应该考虑话语序列结合中的三个成分：写作主体、接受者和外来文本。并指出话语的地位可以从横、纵两个方向来确定：横向是文本中话语同时属于写作主体和接受者，纵向是文本中的语词和以前或共时的文学材料的相关，当横纵两项交叉时互文性便产生了。其核心思想为每一个文本都是其他文本的镜子，每一文本都是对其他文本的吸收与转化，它们相互参照，彼此牵连，形成一个潜力无限的开放网络，以此构成文本过去、现在、将来的巨大开放体系和文学符号学的演变过程。

之后，一些文学理论家对互文性理论进行了多视角、跨学科

① 刘怡：《哥特建筑与英国哥特小说互文性研究》，成都：四川大学出版社，2011 年：第 5 页。

② 转引自蒂费纳·萨莫瓦约著，邵炜译：《互文性研究》，天津：天津人民出版社，2003 年：第 4 页。

研究，研究范畴从文学延伸到语言学和翻译学，例如热奈特在《隐迹稿本》一书中把互文性纳入他的跨文本关系系统中，使之成为文学创作的一种叙事策略；罗兰·巴特在论文《文本的理论》中，积极地向学界介绍了互文性概念；哈蒂姆和梅森将互文性翻译理论从语境的三维度、互文指涉、互文空间三个方面进行了讨论。此外，德里达、哈琴、萨摩瓦约、约翰·巴思、费尔克拉夫、布鲁姆等都对其进行了研究。国内很多学者也进行了互文性研究，但是诗画互文研究和互文叙事研究成果较少（例如，以“篇名”检索，知网上只有 7 篇进行诗画互文研究，互文叙事的文章也只有 19 篇，检索日期：2019/2/8），有待于进一步研究。

诗画互文关系研究经历了较长的历史。中国学者很早就对“诗画一律”的缘起与流变、内涵与特质、分歧与争论，进行了研究。陆机在西晋时代就已经认识到诗画的互文关系，提出“丹青之兴，比雅颂之述作，美大业之馨香，宣物莫大于言，存形莫善于画”[①]。北宋时期的张舜民提出“诗是有声画，画是有形诗。自古至今，便有诗书画同源之说，诗中有画，画中有诗，能诗者多识画，能画者多知诗，二者同体也”（《跋百之诗画》）。苏轼在《书摩诘蓝田烟雨图》中提出“味摩诘之诗，诗中有画。观摩诘之画，画中有诗”之说；在《书郡陵王主簿所画折枝》中提出“诗画本一律，天工与清新”之说，建立了诗画互文关系，确立了“诗画一律”美学观。[②]元朝的杨维桢提出“诗画同体”的观点，认为“东坡以诗为有声画，画为无声诗。盖诗者心声，画者心画，二者同体也”。此外，晁补之提出“物外形”“画中态”“画外意”，张可中也提出“诗为有韵之画，画乃无韵之诗”的观点。他们从不同视角论述了诗画同构的互文关系，提出诗画创作机理、审美

① 〔唐〕张彦远：《历代名画·记叙画之源流》，肖剑华注释，南京：江苏美术出版社，2007 年：第 1 页。

② 颜中其：《苏轼论文艺》，北京：北京出版社，1985 年：第 172 页。

情趣等领域的共性，指出其本质为文学实践和艺术实践的合致。研究不足之处在于仅关注诗画一律，而忽略了诗画偏离的互文关系。

国外学者很早就意识到诗画的互文关系。公元前五六世纪希腊抒情诗人西摩尼德斯（Seymour Nideshi）提出："诗是有声的画，画是无声的诗。"（"Painting is a kind of silent poetry, poetry, it is a sound painting."）亚里士多德在其《修辞学》中提出生动、对比和比喻三大修辞原则，主张"文字必须将景物置诸读者眼前"。公元前1世纪的古罗马诗人贺拉斯在《诗艺》中也提到"诗歌就像绘画"[①]。德国考古学家与艺术史学家温克尔曼（Johann Winckelmann）在其《关于在绘画和雕刻中模仿希腊作品的一些意见》中提出："绘画可以和诗有同样宽广的界限，因此画家可以追随诗人，正如音乐家可以追随诗人一样。"[②]德国启蒙运动时期剧作家、美学家、文艺批评家莱辛（Gotthold Lessing）对诗和画的界限及两者和美的关系进行了系统研究，其美学思想集中表现在《拉奥孔》（副标题是《论绘画与诗的界限》）一书中。莱辛从"艺术即摹仿"这一西方传统的美学思想出发，在题材、媒介、感受等方面，通过分析诗歌与古典雕刻的表现手法的差异，论证了造型艺术与诗的界限（即空间艺术与时间艺术的界限），详尽分析了诗与画的区别，提出自己独到的见解，如"美就是古代艺术家的法律；他们在表现痛苦中避免丑"，[③]"画是空间艺术，它受空间规律所支配；诗是时间艺术，它受时间规律所支配"等。[④]杰罗姆·邦普在论文《克里斯蒂娜·罗塞蒂与拉斐尔前派兄弟会》中指出，克里斯蒂娜·罗塞蒂诗歌对繁复自然的描写和对鲜明色彩

① 杨身源、张弘昕：《西方画论辑要》，南京：江苏美术出版社，2010年：第9页。
② 杨身源、张弘昕：《西方画论辑要》，南京：江苏美术出版社，2010年：第250页。
③〔德〕莱辛：《拉奥孔》，朱光潜译，合肥：安徽教育出版社，2006年：第12页。
④ 陈定家：《〈拉奥孔〉导读》，成都：四川教育出版社，2002年：第84页。

的热爱都体现了拉斐尔前派艺术的特点，认为“尽管她更热衷于克服诗歌与音乐之间的分裂，她还是在某些方面参与了拉斐尔前派试图克服语言艺术与图像艺术间的分裂的尝试”，肯定了克里斯蒂娜·罗塞蒂为克服语图分裂所做出的努力，肯定了其诗歌（诸如《小妖集市》《生日》和《天堂回响》）中的自然描写与色彩亮度等。[①]例如在《生日》中，诗人通过对鸟儿、嫩枝、苹果树、海贝、大海、高台、毛皮、饰物、鸽子、石榴、孔雀、葡萄、树叶和银鸢尾自然景物的描写，再加绚丽、紫色、金银色等色彩语码，构成一幅绚丽多彩的图画。

我的心如同一只欢唱的鸟儿，
水淋淋的嫩枝就是它的家；
我的心如同一棵苹果树，
累累的硕果压弯了它的枝桠；
我的心如同绚丽的海贝，
游弋于平静的大海；
我的心比这一起都要欢快，
我的爱人就要到来。
为我搭座羽绒丝缎铺设的高台；
挂上毛皮和紫色的饰物；
雕上鸽子和石榴的图案，
加上百眼尾羽的孔雀；
用金银色的葡萄来点缀，
还要填充树叶和银鸢尾；
因为我的生日，

① 慈丽妍的博士论文“互文视域下的拉斐尔前派诗歌研究”，作者对包括克里斯蒂娜·罗塞蒂在内的拉斐尔前派的诗画互文进行了较为系统的研究。

我的爱人就要到来。[①]

此外，《哥伦比亚诗歌史》对于其诗歌的评价是可以创造线条鲜明的视觉形象或生动的图像效果。[②]《剑桥手册》提出，克里斯蒂娜·罗塞蒂的视听审美源于其宗教信仰和其所参与的拉斐尔前派运动。她既用“上帝的心灵”即精神之眼来看待现象世界，又用拉斐尔前派感性的眼光来看待世界，以这样的双重视野来领会可见与不可见的双重世界，在诗歌创作中采用象征的形式，体现了身体（形象）和精神（词语）的相互关系、词语与形象的关系。[③]在《小妖集市》第一节，克里斯蒂娜·罗塞蒂通过29种水果的描述，塑造出线条鲜明的视觉形象或生动的图像效果：

每个黄昏和清晨
两少女总能听到小妖的叫卖声：
“来买我家果园的水果哟，
来买吧，来买吧，
苹果，榅桲果，
柠檬，桔子哦，
樱桃饱满，没被鸟啄过哦，
香瓜，木莓哎，
面颊红润的桃子哎，
大黑头的桑椹哎，
野生酸果哎，
山楂，悬钩子哟，
菠萝，黑莓哟，

① 朱立华译自 *Selected Poems of Christina Rossetti*, Hertfordshire: Wordsworth Editions Ltd., 1994: 84。

② 伍德林、夏皮罗编著：《哥伦比亚诗歌史》，北京：外语教学与研究出版社，2004年：第482页。

③ 慈丽妍的博士论文《互文视域下的拉斐尔前派诗歌研究》，第9页。

杏子，草莓哟，
夏天到啦，
全熟透啦。
早晨已经匆匆过去，
美丽黄昏也飞快过去，
来买吧，来买吧，
我们的葡萄刚下架，
石榴可口又饱满呀，
海枣，酸李子呀，
上好的梨子和青梅呀，
越桔，西洋李呀，
品一品，尝一尝。
葡萄干，醋栗子，
通红的伏牛子哦，
满嘴喷香的无花果哦，
南方的香橼哦，
吃了舌头发甜，眼睛发亮哦，
来买吧，来买吧。”①

综上所述，传统的“诗画一律”美学观强调诗画互释与诗画互鉴，聚焦于诗画同构的一元互文关系，研究不足之处在于忽略了诗画偏离的互文关系。而现代诗画互文研究兼顾了诗画同构与诗画偏离的二元互文关系，意识到文本分析实践中存在的诗画偏离，即诗画之间的互文距离，为诗画文本以及诗人画家之间的对话提供了空间，促进了文本互释与文本互鉴，引发了诗画文本意义的增值，拓宽了诗画互文叙事研究视域。

---

① 朱立华译自 *Goblin Market and Other Poems*, New York: Dover Publications, Inc., 1994: 1。

第二节 诗画互文：诗画一律与诗画偏离

“诗画一律”体现了克里斯蒂娜·罗塞蒂诗歌“形式至上”的唯美主义诗学观。诗是无形的画，画是有形的诗，诗中有色彩，画中有诗意；诗是听觉艺术，表现为瞬间时间形式；画是视觉艺术，表现为恒久空间形式。诗画的互文性关系研究，即将诗画彼此视为“互文本”，诗与画之间通过图解、改写、增补与模仿形成互文关系，而互文本作为植入文本机内的“异物”，会使文本机体产生异常反应或建立新的生命机制，[①]使文本获得新生命，文本意义得以增值。通过对克里斯蒂娜·罗塞蒂诗歌解读发现，互文不仅是克里斯蒂娜·罗塞蒂等诗人进行艺术创新的方式，也是其重构主体意识，恢复人性活力的一种尝试。

克里斯蒂娜·罗塞蒂的诗画互文表现为题画诗、插图书和诗意画三种形式，诗意画较少，互文策略包括增补、改写和模仿。[②]第一，克里斯蒂娜·罗塞蒂的美学思想、审美情趣、创作理念、描摹手法及其亦诗人亦画家（诗歌的题诗画由其兄创作）的身份等因素，决定了其诗歌“诗画一律”（诗画一致，诗画合一），诗中有画、画中有诗的艺术特征，形成了诗歌语言和绘画形象的互文性关系。第二，前派成员绘画多取材于文学经典，而其诗歌也有一部分是为绘画而作。因此，其插图和诗意画中包含着诗歌文本，而其题画诗中也包含着绘画文本，诗与画之间呈现图解、改写、增补与模仿的互文性关系。第三，克里斯蒂娜·罗塞蒂本身具有反对经院哲学的叛逆精神，其诗歌之中的唯美主义是对传统

① 秦海鹰：《互文性理论的源起与流变》，载《外国文学评论》，2004年，第3期。

② 慈丽妍：《诗画互文：拉斐尔前派插图与题诗画中的创新策略》，载《国外文学》，2017年，第3期。

的浪漫主义、现实主义和新古典主义的反驳，这种叛逆和反驳，在其诗画中表现为对以往诗画的重新解读和对于诗画界限的僭越，形成了新的互文叙事。第四，克里斯蒂娜·罗塞蒂诗歌中，诗与画互为“互文本”，有时候由于诗画偏离，形成诗画之间的对话、增补和模仿，从而实现诗画文本意义的延展、深化与更新，赋予文本新的生命。可见，诗画互文叙事不仅是文学研究范式，也可以是艺术创新模式，诗画互文叙事研究，对于诗画互释、诗画互鉴、诗画创作以及诗画文本本体研究具有一定的理论和现实意义。克里斯蒂娜·罗塞蒂的哥哥但丁·罗塞蒂的诗意画“白日梦”及其题诗《白日梦》(“The Day Dream”) 堪称“诗画一律”的典范。[①]

梧桐荫凉枝叶匝，
仲夏犹可吐新芽，
蓝天辉衬知更栖，
绿叶掩映画眉息。
静谧夏日鸟啾啁，
犹有新叶立枝头。
不似春日新嫩芽，
玫红芽鞘催生发。

树影斑驳如梦幻，
由春到秋未曾断。
倩女情迷白日梦，
目光深邃胜苍穹。
痴迷梦中难自拔，
书上洒落手中花。[②]

① 飞白：《英国维多利亚时代诗选》，长沙：湖南人民出版社，1985 年：第 194 页。
② 朱立华译自 https://www.poemhunter.com/poem/the-day-dream-3/。

题画诗《白日梦》和同名诗意画“白日梦”互为互文本，是“诗画一律”的互文叙事的经典之作。短诗中，在色彩方面，蓝色的天空背景、绿色的新叶、玫红的芽鞘，三色搭配，冷色蓝绿，表达其哀怨与伤感之情，红色之中又看到希望，恰似古典诗词“日出江花红似火，春来江水绿如蓝”；在视角与层次方面，诗人运用远处的枝叶、近处的花瓣进行描摹，主次突出，层次分明，可谓“横看成岭侧成峰，远近高低各不同”；在动态方面，运用了近十个动作“过程”（process），物质过程、心理过程、关系过程交叉组合使用，增强了诗歌的感染力，形成动态画面：新芽在萌发、鸟儿在鸣唱、心灵在升华，正如诗词“昔日经行人尽去，寒云夜夜自飞还”；在声响方面，知更鸟和画眉似乎在欢唱；在意态方面，目光深邃，如在梦中，亦真亦幻。整首诗意象清新，意境优美，其诗如画，体现了“诗画一律”的美学观。

在这幅诗意画中，克里斯蒂娜·罗塞蒂采用描摹手法，构建了前派诗人惯常使用的意象系统，包括有形无生命意象：白云、花园、浓荫、绿衣、金发、香颈、红唇、酥胸，玫瑰、花瓣等，勾勒出一副动人的唯美画卷，光、影、声、色的组合，体现出神秘朦胧的官能之美和神秘的意境之美，富于象征意义。画中浓荫深处的绿衣女子，是唯美的精灵、唯美的化身，体现了唯美主义追求的“纯粹美”、脱俗性和理想化；画中的无形意象：忧伤、安详、黯然、憔悴、午后、白日梦、迷茫等，再加色彩、层次、意态等方面，其画如诗，表现出神秘的忧郁的“罗塞蒂式的美”。

文学审美实践中，题画诗与诗意画互为“互文本”，通过互相阐释、增补乃至改写，形成诗画互文性关系，实现其互文叙事：“再现”亡妻，幻想（白日梦）使心爱之人得以“复活”，表达了对亡妻深切的怀恋与无尽的思念，表现出克里斯蒂娜·罗塞蒂诗歌的凄婉之美，体现出克里斯蒂娜·罗塞蒂的诗歌神秘主义、象征主义和宗教色彩。

克里斯蒂娜·罗塞蒂诗歌经常使用的艺术手法是描摹（Description），注重形象、情状等形式，重表现形式，轻道德说教。主要内容包括色彩、层次与角度、画面、动态、声响、音乐、容貌、意态及氛围等九个维度。描摹通常用形象化的语言，对表现对象（如大自然、人和事物）的特征进行具体的描绘和刻画，表现人或事物的形象、情状、特性等，用形象词、拟声词和色彩词等来描写事物、渲染气氛，做到绘形、绘声、绘色，从而增强叙述的形象性和真实感，使读者读后如临其境，如观其形，如闻其声，如见其色，得到鲜明深刻的印象。描摹是一种语言表达技巧，它的美学价值在于形象与生动，以静变动，以死变活，抽象变具体，无形变有形；将“瞬间画面”的表现方法融入诗作，以刹那显无限，增加了诗歌的层次感，增强诗歌的表达力和艺术效果，使审美主体可根据诗的描述并通过联想、想象，在其头脑中形成一幅幅的画面，体现出“诗中有画、画中有诗”“诗是无形的画，画是有形的诗，诗中有色彩，画中有诗意”的“诗画一律”的互文叙事。

一、绘画质感的色彩语码

克里斯蒂娜·罗塞蒂在其诗歌创作实践中注重运用充满绘画质感的色彩语码，因为色彩词语对于人类认识自然、认识自我、表述自我具有重要意义。德国著名思想家、小说家、诗人、画家歌德（Goethe）的《色彩原理》（*Farbenlehre*）一书，在色彩的美学视角下，研究了不同色调与情感变化之间的关系，提出了不同色调的冷暖搭配可以诱发不同的心理情感：暖色可激发欢快活泼、积极向上的情感；冷色则给人烦躁多虑、心境不安的刺激反应，甚至试图在色彩基调与道德取向之间建立具有象征意义的感官联想，进而认为白色代表纯洁与高尚的品德，黑色则是邪恶与残暴的化身。[①]克里斯蒂娜·罗塞蒂经常运用自己喜欢的色彩词语，创作优美的意境和如画的效果，诗中有画，诗画互文，唤起读者的联想，表达自己的情愫。如克里斯蒂娜·罗塞蒂的《绿油油的麦田》（“A Green Cornfield”）。

天空蔚蓝，大地油绿，
一个阳光明媚的早晨，
一只云雀正在天地间盘旋，
就像麦田上空唱歌的黑点。
下方是欢快和谐的景象，
洁白的蝴蝶舞动着翅膀，
天空高飞的云雀仍在欢唱，
默然低飞，或高唱着翱翔。
麦田嫩嫩的绿意绵延
到我漫步的小路两边，
在浓密的麦田里，我知道
他筑起了自己秘密的爱巢。
我驻足聆听他的歌声，
匆匆流逝，美妙时光，
他的伴侣也正在倾听，
倾听的时间远长于我。[②]

在这首短诗中，女诗人运用了“蓝”“绿”“黑”“白”四个基本色彩词语，勾勒出一幅绿油油的麦田的图画：蔚蓝的天空，一只云雀像一个黑点在盘旋、在欢唱，绿油油的麦田里，洁白的蝴蝶翩翩起舞。对于色彩语码的认知通常经历“色彩感知、色彩

① 杨永林：《色彩语码研究一百年》，载《外语教学与研究》，2003 年，第 1 期。

② 朱立华译自 http://www.poemhunter.com/poem/a-green-cornfield/。

认知和色彩编码”三个过程，作为这首诗的主色彩，“绿”的色觉视象被置入了体验性很强的主观语境中，主观语境把认知主体对“绿”的体悟，从逻辑化的概念认知通道拉向审美化的修辞通道，由此“绿”的色觉形象已不再是单纯的色彩视象，而是一种经过修辞化的审美意象，[①]和“蓝”“黑”“白”等辅助色彩词一起，勾勒出一幅美妙而欢快的画卷，诗中有画，“诗画一律”，实现诗画互文叙事：诗人的瞬间短暂的快感、美妙的时光匆匆逝去的伤感，以及诗人看到鸟儿尚且“筑起了自己秘密的爱巢”，联想到自己因为宗教信仰不同而两次失去爱情的凄婉哀怨之情。

二、栩栩如画的情态与意态

情态与意态是描摹艺术手法经常选取的描摹视角，二者既有区别又有联系，情态侧重外貌特征的具体描摹，意态并不直接描写外貌形态，而是“抓住最能展现人物心灵和性格特征的神情，从意态方面进行描摹，这样可使描摹对象生动鲜明地出现在读者面前”。[②]情态指的是一种个人的感悟性情感，具有明显的个人化趋向，诗人在进行情态描摹时，将自己的个人情感寄托于客体，使个人化的趋向与客体能够很好地融合在一起，个人情感对客体有很强的依附性，在客体之中去发现自己、评价自己、感悟自己，证明自己的存在。意态指的是一种理性的情感，是一种强烈的智性体验，是诗人感性经验的秩序化、理性化的升华，有着一种超越现实场景，上升到思想上的理性的场景，是人类理性主义的典型表现，是智性和精神上的反映，因此，意态需要体验和感悟。克里斯蒂娜·罗塞蒂过着修女般的生活，厌恶意大利文艺复兴时期的浮华与不真实的时代，认为拉斐尔就是“世俗气和异教精神

---

① 邱文生：《认知视域下的色彩语码及其翻译研究》，载《漳州师范学院学报》，2011年，第3期。

② 朱徽：《中英诗艺比较研究》，成都：四川大学出版社，2010年：第131页。

的象征。拉斐尔以前的艺术既纯粹又质朴严谨，并且服务于信仰。拉斐尔之后的艺术却是浮华的、不真诚的和我行我素的”。[①]因此，克里斯蒂娜·罗塞蒂崇尚清新自然的、质朴真挚的艺术风格，追求“忠实于自然”,“逃避现实”，寄情于一个浪漫的过去，她的作品诗中有画，画中有诗，注重人物的情态与意态的描摹，表现出形象而自然的美。克里斯蒂娜·罗塞蒂在《爱情三重唱》（“A Triad”）中对三个女人情态与意态的描摹栩栩如画，形象而生动地再现了三个女性歌者的一幅画卷。

三女同唱爱情曲：一个嘴唇猩红，
那光彩照人的双颊与酥胸，
映照着金色的秀发与指尖；
一个在吟唱，雪练般柔滑的身段，
像一株显摆的风信子绚丽多姿；
一个寻求不到爱情而心情郁闷，
像刺耳而低沉的琴弦声，
因爱的重负而痛苦地哼。
一个因爱而蒙羞；一个真爱难觅
而逐渐变成慵懒粗俗的主妇；
一个对爱情渴望得要死。三女中
两个错把死亡当爱情，斗争之后战胜了他；
另一个像只胖胖的蜜蜂在芳香中发出嗡嗡声：
三女都于门口立，缺乏生机无活力。[②]

① 威廉·冈特：《拉斐尔前派的梦》，肖聿译，南京：江苏教育出版社，2005年：第4页。

② 朱立华译自 *Goblin Market and Other Poems*, New York: Dover Publications, Inc., 1994: 18。

《爱情三重奏》是一首彼特拉克式的十四行诗，揭示了维多利亚时代对女性性爱的压制，生动形象地描述了维多利亚时代的女性追求理想爱情的三种情感，以及无法寻得理想爱情的无奈与失望。这首短诗以其诙谐戏谑的语言、离奇荒诞的构思，赢得了广泛的赞誉。首先，克里斯蒂娜·罗塞蒂对她们的情态即外貌形态进行描摹，包括猩红的"嘴唇"、光彩照人的"双颊与酥胸"、金色的"秀发与指尖"、像显摆的风信子一样柔滑的"身段"。其次，对她们的意态进行描摹，包括"寻求不到爱情而心情郁闷，像刺耳而低沉的琴弦声，因爱的重负而痛苦地哼""像只胖胖的蜜蜂在芳香中发出嗡嗡声""于门口立，缺乏生机无活力"。诗人将自己理性的情感融入几个独具特征的动作和神态之中，对其意态进行描摹，将"因爱而蒙羞的""爱慕虚荣、精于计算的""心情郁闷的""对爱情渴望得要死的""真爱难觅的""缺乏生机无活力的"女性形象生动地展现在读者面前，体现了克里斯蒂娜·罗塞蒂"诗中有画"、诗画一律的诗画互文叙事。再如在《爱情的甜蜜》（"Love Sweetness"）中，克里斯蒂娜·罗塞蒂对恋人的神态，包括发、脸、头、手、唇、面颊、脖颈、眼睑等，描写得细致入微，栩栩如画。

> 她蓬松的秀发飘落一片甜甜的朦胧
> 遮了你的脸；她可爱的纤手搂着你的头
> 像优雅的花环丝丝入扣；
> 她怯怯的微笑；她的眼神勾起
> 甜甜的爱意；她浅浅的叹息长留于记忆；
> 她的香唇采集了你甜蜜的吻，那些
> 留在她面颊、脖颈和眼睑上的吻，而后
> 回到她能代表所有这些吻的香唇。
> 有什么事情比这些更加甜美呢？

如果缺少了亲吻，所有这些将不再甜美：
充满自信的心儿仍然炽热：迅疾伸展
又轻柔收起的心灵翅膀，
在那云锁雾罩的旅行中它可曾感知到
利爪下那羽毛相同的伴侣的气息？①

三、充满诗意的画面和氛围

中英诗歌中，画面与氛围也是描摹艺术手法经常选取的描摹视角。克里斯蒂娜·罗塞蒂在描摹景物时，以自己真挚的情感，对描摹对象进行选择和剪裁，作诗如同绘画，诗画互释、诗画互鉴，以独特的视角对色彩、层次、角度和透视等方面进行构思，勾勒出充满诗意的唯美画面，使诗作如同画卷，呈现给读者。同时，还将描摹对象所处环境的气氛和情调作为诗歌的互文本，形成诗画的互文关系进行分析，体现出诗中有画、诗画一律的互文叙事。例如，克里斯蒂娜·罗塞蒂的短诗《幽静的春天》（“Spring Quiet”），描述了冬去春来，树林之中百鸟鸣啭的充满诗意的画面：地点包括山楂枝头、冬青树上、绿屋上、阴凉处；有画眉展歌喉、知更鸟欢唱、嫩枝抽新芽、清风耳边响；再加清清的溪流、长满青苔的石头、明媚的阳光和浓浓的荫凉，展现给读者一幅充满诗意的画面，诗中有画，诗画一律。

寒冬已离去，
暖春复来临，
我将去树林，
聆听百鸟鸣。
山楂枝头，

① 朱立华译自 http://www.poemhunter.com/poem/love-sweetness/。

画眉展歌喉，
冬青树上，
知更鸟欢唱。
空中溢清香，
嫩枝抽新芽，
枝条拱立在
清爽绿屋上：
空中溢清香，
清风耳边响，
只听柔声讲：
“咱不撒罗网；
此处居住安全，
此处适于独居，
有那清清的溪流
和长满青苔的石头。
还有明媚的阳光
和那浓浓的荫凉；
还能听到
大海的回响，
尽管来自远方。”①

综上所述，克里斯蒂娜·罗塞蒂注重运用充满绘画质感的色彩语码，描摹出栩栩如画的情态与意态，展现出充满诗意的画面和氛围，再加拉斐尔前派成员大都既是诗人，又是画家，其作品“诗中有画、画中有诗”，表现出“诗画一律（诗画合一）”的美学观，亦即“诗是无形的画，画是有形的诗，诗中有色彩，画中有

① 朱立华译自 *Goblin Market and Other Poems*, New York: Dover Publications, Inc., 1994: 45。

诗意”的诗画互文叙事。

当然，还存在值得进一步研究的问题：第一，在诗画互文性研究中，注重诗画一律，而对于诗画偏离，需要进一步研究。第二，将诗画本体研究与社会、文化和历史的生成语境视为互文本（广义互文叙事）的诗画互文性关系，尚需进一步研究。第三，将克里斯蒂娜·罗塞蒂诗歌与其诗歌的相关研究成果视为互文本进行互文叙事研究，也是一个值得关注的领域，希冀将来能够对此进行进一步研究。

第四章　美学意象与意象叙事

意象是一刹那间思想和感情的复合体。

——〔美〕埃兹拉·庞德

毫无瑕疵的美和它表达的完整形式，是真正的社会意识，是艺术快感的意义。

——〔英〕奥斯卡·王尔德

意象犹如人之灵，山之魂，水之源，树之根，是诗歌创作实践与审美实践必不可少的艺术手法。在西方现代文论中，意象指刹那间表现出的感性和理性的复合体，是人们能够产生相同联想意义的高度浓缩的、主客观融为一体的形象，是情感的物化，是客观物象经过创作主体独特的情感活动而创造出来的一种艺术形象，对西方现代派诗歌产生了较为深远的影响意义。在中国古典美学中，意是内在的抽象的心意，象是外在的具体的物象，意源于内心并借助于象来表达，象是意的寄托物，是“观物取象”“立象以尽意”；“意”与“象”的关系，是“情”与“景”的关系、“心”与“物”的关系、“神”与“形”的关系，“意”居内，“象”居外，以“象”托“意”，“意象”就是诗人主观方面的思想、观念、理想、情感和理念与包括自然、社会各种客体的客观物象的有机融合。[①]意象作为客观物象经过创作主体的情感活动而

① 曾思艺：《丘特切夫诗歌研究》，北京：人民出版社，2012 年：第 144 页。

创造出的一种艺术形象，对于文学作品创作、文学理论研究以及文学审美实践，具有重要意义。意象叙事，[①]不仅指叙事作品中的意象描写，更指意象凭借其自身的意义指涉，融入叙事性文本，参与作品的叙事活动，整合作者的思想与作品的叙事，构建意象叙事模式。意象叙事研究的是意象在成为叙事活动的一部分以后所起的绾合、转折、推波助澜、导向结局、制造某种情境、暗示某种意义的作用，用意象去叙事，推动叙事发展，强化了叙事活动，实现着叙事意图。[②]美学意象理论是指美学研究理论运用于意象研究的一种审美研究。谢建军在《美学意象理论研究的几个视角》一文指出，“美学意象理论研究在美学领域已经处于比较成熟的状态，并形成了相当一致的看法和研究成果，属于美学研究中的焦点和显学”，并提出了美学意象研究的五个视角：审美心理学视角、中国古典美学史视角、哲学和文化视角、认知心理学视角和比较研究视角。[③]因此，本章将借用该理论模式和部分研究视角，对克里斯蒂娜·罗塞蒂诗歌的美学意象，如神话意象、自然意象、物性意象、色彩意象、人物意象等进行整合，构建了比喻意象、象征意象和通感意象三个模块，分析其诗歌的意象叙事，揭示其诗歌的诗学特征与美学价值。

第一节　意象主义与意象叙事

意象是诗歌的灵魂，无意象不成诗歌。诗以语言的方式拥有

① 学界大都认为，意象叙事的概念最早由刘义在 2009 年，由人民出版社出版的《中国叙事学》一书中提出。

② 刘锋杰：《张爱玲的意象叙事》，载《合肥师范学院学报》，2013 年，第 4 期。

③ 谢建军：《美学意象理论研究的几个视角》，载《美术大观》，2010 年，第 1 期。

世界，诗歌语言以意象的方式表现世界。意象是语言借以映衬和匹配指称的，融合了主体的主观感受的情感意味的心理表征。意象是一种象征，因为意象虽然来源于经验，但它不是对客观事物或现象的抽象，而是一种取象，是以具体表现一般，它凝聚着主体的心境、情绪等因素，因而是一种意与象之间的融合；意象是一种文化心理想象，因为其成形的基础是人的心理想象；意象也是一种以语言单位为载体的修辞艺术的基本符号，意象的运用折射出修辞主体的观物能力、独特的审美心理结构以及独特的情感郁结方式。[①]诗歌意象叙事是诗歌研究范式之一，属于意象学和意象主义研究，国内外学者在多个视角下，对其进行了多维度研究。

中西意象研究历史久远，而意象主义发展较晚，只是 20 世纪初才兴起的一场英美诗歌运动（Movement in English Poetry），[②]它反对浪漫主义与维多利亚诗歌的华丽形式，反对过多情感和技巧，提倡诗歌意象的准确性和想象力的精确性，强调回归到比较古典的风格，主张尝试非传统的诗歌格式。语言方面，强调表达的直观性、语言的间接性；形式方面，主张自由诗韵、诗韵应该有乐感；思想内容方面，倡导直接反映事物，反对过多地涉及情感和技巧，认为应由意象产生情感，而不是作者告诉读者应该有何种感情。唯美主义诗歌主张“形式至上”“形式就是一切”，而意象主义反对辞藻过多雕砌的华丽形式。

意象叙事研究也是中西诗歌研究的关键词之一。意象在中国诗论中经历了漫长的发展历程之后，在诗坛上确立了其重要地位，成为诗歌主要的创作原则和审美标准，并对 20 世纪初兴起的西方意象主义（Imagism）产生了深远影响，而意象主义反过来又对中

① 邱文生：《通感意象的功能透视与语言建构》，载《东北大学学报（社会科学版）》，2008 年，第 5 期。

② Hughes, Glenn, *Imagism and the Imagist,* Stanford: Stanford University Press, 1931: 4.

国的新诗运动产生了积极影响。[1]中国古典诗论中，“象”早在《尚书·说命》中就有记载：“乃审厥象，俾旁求于天下。说筑傅岩之野，惟肖。”《左传》中也提到象：“铸鼎象物，百物而为之备，使民知神奸。”“意”和“象”最早的联系可以追溯到《周易·系辞上》中“立象以尽意”的观点，即不可见之“意”，不能完全由“言”表达，可以用可见之“象”表达。东汉王充的《论衡·乱龙》最早将意象作为完整概念使用：“夫画布为熊、麋之象，名布为候，礼贵意象，示义取名也。”《文心雕龙·神思》中首次将意象作为文学术语使用：“然后使玄静之宰，寻声律而定墨；独照之匠，窥意象而运斤；此盖驭文之首术，谋篇之大端。”晚唐的司空图在《与极浦书》提及意象：“戴容州云：‘诗家之景，如蓝田日暖，良玉生烟，可望而不可置于眉睫之前也。’象外之象，景外之景，岂容易可谈哉？”明代文学家王廷相在《与郭价夫学士论诗书》中论及意象：“夫诗贵意象透莹，不喜事实粘著。……故示以意象，使人思而咀之，感而契之，邈哉深矣，此诗之大致也。”此外，王夫子、叶燮等也从不同视角对意象进行本体研究，即作者无法使用语言符号表达“意”的时候，用具体的“象”来表达，即“立象以尽意”。

意象主义（意象派）是 20 世纪初由一些英美青年诗人组成的诗派。他们对后期浪漫主义维多利亚诗风感到强烈不满，在多种国外诗歌的影响下开拓出一种新的诗歌路径。其是以美国诗人埃兹拉·庞德（Ezra Pound）、艾米·洛威尔（Amy Lowell）和英国诗人托马斯·休姆、理查德·奥尔丁顿为代表的一部分作家、评论家，在法国象征主义和中国古典诗歌意象的影响下，兴起的强调回归到古典风格，尝试非传统的诗歌格式，反对抽象说教，反对陈旧题材与表现形式的诗歌运动。意象主义著名的三个原则：

① 刘芳：《诗歌意象语言研究》，上海：上海译文出版社，2012 年：第 17 页。

“第一，直接处理‘事物’，不管是主管还是客观；第二，绝对不使用任何无助于表现的词语；第三，至于节奏，以音乐性短句，而不是节拍器的节奏进行写作。”（弗林特、庞德，1913）意象派没有具体的理论，但有自己的美学主张，大致可以概括为：使用普通语言，但是用准确的字眼；避免有音无意、用作装饰的诗歌惯用词汇；自由选材；创造新的节奏表达新的情绪；使用意象呈现出具体、坚定和肯定的画面；暗示出意思，而不是直抒胸臆。意象派追求诗歌的形式和技巧，但是忽视作品的社会意义和思想价值，像20世纪初许多喧嚣一时的西方文学流派一样，意象派逐渐瓦解，被漩涡派（Vorticism）取代。因此，此处不对其详加评介，只是将其作为一种视角，来分析克里斯蒂娜·罗塞蒂诗歌的意象叙事。

论及意象主义，不得不提到庞德及其意象叙事短诗《在地铁站》（“In a Station of the Metro”）。作为美国乃至世界现代诗歌的重要人物，庞德善于吸取异质文化的优秀成果，对中国汉字的独特发现与中国古典诗歌美学的发现与借鉴、对更新传统诗歌理念都做出了巨大贡献。他积极倡导与推进意象主义与漩涡派文学运动，成为现代主义诗歌运动的领导者。1908年到1910年三年间，他出版了两部诗集：《灯火熄灭之时》和《人物》，一部文集《罗曼斯精神》。他的鸿篇巨制《诗章》（*The Canto*）则成为现代派诗歌的丰碑。庞德诗歌丰富的语言张力和意象张力，及其在英美诗坛体现出的富有开拓性与启示性的意义，引起了批评家的关注，并对其进行诸如审美特征、艺术手法等多方面的探讨。庞德认为，意象主义的要旨在于不把意象当作装饰品，意象本身就是语言。《在地铁站》这首仅有两行的短诗正是意象作为叙事的典范。诗人通过简单的几个意象，叙述了一个事件：雨过天晴，地铁站前人群熙熙攘攘；人影倒映在湿漉漉的黑色沥青地面上，犹如一个个的大树杈，行人的面庞映衬着雨衣、雨伞，忽明忽暗，犹如幻影。

本来他的这首诗有31行，后来他将这瞬间的印象浓缩到15行，再后来由于受到日本俳句的启发，将其浓缩为两行，成为诗歌意象叙事的典范。诗人把“花瓣”意象叠加在“脸儿”这个意象上，把“地铁”意象叠加在“树杈”意象上，其间并没有运用任何连接词，但并列的句法却让人强烈地感受到花瓣即面孔、面孔即花瓣，地铁如树杈、树杈如地铁的明显隐喻关系。

正是由于庞德独特的意象叙事，读者、批评家、翻译家可以充分发挥自己的想象力对其中的意象，如“幻影”（apparition）“大树杈”（bough）进行解读与翻译，仅汉译版本就有20余种，如飞白的“这几张脸在人群中幻景般闪现；湿漉漉的黑树枝上花瓣数点”、成婴的“人群中这些脸庞的幻影；潮湿又黑的树枝上的花瓣”，以及秦堤的“人群中隐现的张张面孔，潮湿黑枝上的朵朵花瓣”等。译者凭自己的想象力，结合庞德的创作语境，力图真实再现当时的地铁站景象的结果，但是译者作为源语的审美主体，对于审美客体的认知程度存在差异，在语码的转换过程之中也存在不一致性，其翻译文本难免存在差异，也无法解决诸如“脸上的幻影从何而来”“地铁为何在大树杈上”及“树杈为何是黑色的”等问题。这首短诗留出了太大的想象空间，突出了意象派诗歌特征，体现了意象派大师庞德的艺术风格。

可见，无论是英语诗歌，还是汉语诗歌，都非常注重意象的合理运用进行叙事。意象，无论在“富含个人情感，在看似对自然景物的客观描述中往往蕴含着诗人自己深刻的思想感情”的中国诗歌之中，[①]还是在侧重客观景物描写与怪诞形象塑造的英美诗歌中，都是重要的创作手法和审美原则。诗歌是一种精炼而感人的文学形式，十分讲究形象思维，擅长用简洁的语言和新颖生动的形象来描摹景物，抒发感情。诗歌的这些特点，决定了意象

① 朱徽：《中英诗艺比较研究》，成都：四川大学出版社，2010年：第13页。

在诗歌创作和鉴赏中的重要作用。意象的选取和运用，体现出诗人的审美情趣、创作风格、价值维度，以及隐藏在意象之后的、诗人欲言又止的个人情感、品格气质等。克里斯蒂娜·罗塞蒂的诗歌中经常采用罂粟、青草、坟头、墓旁、河边、天堂、安息以及夜莺、孤星、黑夜、白昼、黎明、黄昏等意象群，来阐释女诗人阴郁忧伤却又清新自然的哀婉缠绵之凄美。克里斯蒂娜·罗塞蒂诗歌中经常以罂粟为意象，例如在《王子的历程》中，用罂粟花的妖艳、芬芳反衬催眠的夺命毒花，与年轻女性的死亡关联，叙述了王子在迎娶新娘的路途中受到各种诱惑，延误了日期，新娘郁郁而终的事件：

“她的脚下红白罂粟生根发芽，
血红的企盼着热烈而芬芳的仲夏，
包裹在毛茸茸的芽孢中妖艳典雅，
雪白的蓓蕾初绽，随时勃发，
将绽放出芳香催眠的夺命毒花，
红的，白的，谁先烂漫纷葩？”
……
她倒下还那么妩媚？
曾经的她多么美丽，
金粉点缀金发，即使作女皇，
她配得上任何高贵的国王。
而现在卷发上罂粟花飘洒，
她一定佩戴了白色罂粟花。
轻纱遮覆面庞，
脸上镌刻渴望，
抑或最终所愿得偿
而擦除了哀伤？

……

昨日，她在床上奄奄一息，
你就该为她哀伤悲泣。
今日，她已升天，
你为何徒然泣涕涟涟？
不，我们爱她就不该恸表哀婉，
该为她高贵的头顶戴上花冠。
让我们抛撒罂粟花，
你的玫瑰太妖艳，
让罂粟花剪下飘撒，
绝不为你留一丝残念。

再比如在《少女之歌》中，也同样用到了罂粟意象：

梅根摘了刺玫瑰，
梅揪了野蔷薇，
多半的飞鸟飞来打量，
多半的走兽前来端详，
多半的溪中鱼儿，
飞快地游来大加赞赏。
玛格丽特摘了朵儿旗花，
摘了朵红似火的罂粟花，
那些走兽和飞鸟，
那些游鱼儿，
来到她柔软似雪的手中。

在《五月》中：

我不能告诉你它的情况，
但我知道：五月的青春时光，
微风习习、天气晴朗；
啊，五月明媚的阳光！
　　玉米的嫩叶中央，
　　罂粟花尚未开放；
　　刚生的蛋仍未孵化，
　　鸟儿还未对配偶断了念想。[1]

第二节　克里斯蒂娜·罗塞蒂诗歌的意象叙事

克里斯蒂娜·罗塞蒂作为英国维多利亚时代最著名的女性诗人之一，其诗歌创作对于美学意象运用自如，或单一或组合，或并置或重叠，来进行意象叙事。克里斯蒂娜·罗塞蒂运用比喻意象、象征意象、通感意象以及抽象意象，或运用几种意象的组合的艺术手法，加之隐喻、转喻、景物烘托、气氛渲染等艺术技巧，来展现诗人所要表达的深层次思想感情、情感理想。本节首先采用美学意象理论，以便对其诗歌意象进行更为科学的分类，然后从象征意象叙事、比喻意象叙事和通感意象叙事三个模块进行美学意象分析。

克里斯蒂娜·罗塞蒂诗歌的意象铺陈种类繁多。诗人依据自己的情感表达和诗歌的美感需求，选取和创造出各种各样的意象。一方面，诗人凭借丰富的想象力，构建出纷繁复杂的意象，从天堂到地狱，从天空到大地，从大树到小草，从日月星辰到春夏秋冬，无不为其所用。另一方面，诗人经过自己审美经验的筛选，

① 朱立华译自 *Selected Poems of Christina Rossetti*, Hertfordshire: Wordsworth Editions Ltd., 1994: 28。

同时融入自己的情感，铺设自己独具特色的意象群，例如从题材、形态等视角下分为以下几个意象群。

在题材视角下，意象群可划分为宗教意象群、神话和历史美学意象群。

第一，宗教意象群。克里斯蒂娜·罗塞蒂的宗教意象群主要包括天国、天堂、上帝、撒旦、基督、约翰、圣母、天使、修女、禁果、修道院、布道等。例如，克里斯蒂娜·罗塞蒂的《歌》《夏娃》和《基督、圣徒和圣灵的对话》等都蕴含着浓郁的神秘主义和宗教色彩，体现了克里斯蒂娜·罗塞蒂对现世的不满而寄希望于来世或天国；体现了诗人在现实中无法实现梦想，或避世，或复古，或转身投向宗教的无奈；体现了其梦幻破灭的悲剧。威廉·冈特所著的《拉斐尔前派的梦》原名为《拉斐尔前派的悲剧》即为一例。

第二，神话和历史意象群。克里斯蒂娜·罗塞蒂等拉斐尔前派诗人的神话和历史意象群主要包括莎孚、阿多尼斯、多洛雷斯、福斯蒂娜、西布莉、阿丝塔特、科蒂托、阿佛洛狄特、普绪克、尼禄、恺撒大帝等等。一方面，诗人“对中世纪事物的怀旧之情，显然是对崇尚古典的18世纪的另一种反叛，因为18世纪崇拜的是古希腊和古罗马的典范”；[①]另一方面，诗人的叛逆思想受到了英国反叛诗人弥尔顿的影响，而趋向于以古希腊罗马神话或历史人物为题材进行创作。

在形态视角下，意象群可划分宗教意象群、神话和历史意象群。

第一，有形意象群。克里斯蒂娜·罗塞蒂的想象力极其丰富，有形意象群种类繁多。例如，动物意象群：鸟儿、红雀、夜莺、云雀、银鸢、画眉、知更鸟、蜜蜂、天鹅、猫头鹰、老鹰、白鸽、

① 〔英〕威廉·冈特：《拉斐尔前派的梦》，肖聿译，南京：江苏教育出版社，2005年：第7页。

母鸡、毒蛇、怪兽、小羊等；植物意象群：树林、灯芯草、五月花、迷迭香、石楠花、枯叶、鲜花、花瓣、蓓蕾、罂粟花、松柏、树枝、嫩叶、青草、玫瑰、葡萄、风信子、常绿树、紫罗兰、矢车菊、垂柳、百合、水仙等；无生命有形意象群：日月、寒石、山丘、烈酒、冬雪、麦田、金发、红唇、酥胸、香颈、坟墓、海岸、沙滩、小屋、大海、浪花、花丛、幽谷、麦田、花环、珍珠、清泉、火焰等。诗人通过这些意象群将抽象的思维、情感具体化、形象化，即“立象以尽意”，或“思想知觉化”。克里斯蒂娜·罗塞蒂往往运用金发、红唇、酥胸、香颈等意象群描述唯美女性，用孤星、冷月、睡床、窗帘、面纱等意象描述想象中凄美的死亡，将尸体摆放在床上来欣赏，在丑恶事物中认识美的存在，并把丑恶当作美来欣赏与歌颂，即“丑中求美”，显现出神秘主义和宗教色彩。

第二，无形意象群。克里斯蒂娜·罗塞蒂的无形意象群主要包括天堂、灵魂、忧伤、梦幻、晨曦、黄昏、白昼、暗夜、春、夏、秋、冬等。事实上，意象的分类没有明确的标准，因此也就存在多种分类，例如有学者将意象分为神话意象、自然意象、物性意象、色彩意象、人物意象等。克里斯蒂娜·罗塞蒂在其诗歌创作中，不只运用某一种意象，而是将意象组合成意象群，乃至意象系统，来进行意象叙事。为了便于分析，本节仅选取了象征意象叙事、比喻意象叙事和通感意象叙事三个模式，对克里斯蒂娜·罗塞蒂诗歌的美学意象叙事进行分析。

一、象征意象叙事

克里斯蒂娜·罗塞蒂的诗歌在诗学构建与表现技巧等方面，既有唯美主义特征，又有象征主义的表现手法与艺术技巧。她在诗歌创作实践中喜欢运用各种意象和意象组合，其中象征意象叙事就是其最喜欢的叙事模式之一。象征意象叙事本质上就是指用具体的、可感知的事物象征品格、理想、情感的一种叙事模式，使象征意象的内涵更加丰富，具有更为深远的精神道德方面的意义，将意象提升到一个新的高度，[1]其不仅包括社会问题和人的存在问题，更对人性和道德进行反思和评判。例如，克里斯蒂娜·罗塞蒂的《镀金笼中的红雀》（“A Linnet in a Gilded Cage”）。

一只红雀锁在镀金笼中，
一只红雀栖于大枝桠上，
寒冬里有人会问，
哪只鸟更幸福？
但当树木迸发出叶子，
鸟巢筑于枝桠之上时，
谁还会问，
哪只红雀更幸福？[2]

女诗人运用了意象的最基本单元“单一意象”——“红雀”来抒发自己的情感，寄托自己的哲思，剖析“自由与幸福”这一永恒的主题。英语的“红雀”这一意象可以象征中国文化语境中“坐在宝马里面哭”的“金丝鸟”，对诸如婚外情等社会现象进行叙事，是当下语境中人对于自身生存态度的叙事。通过两个单一意象的“并置”进行比较，表达了自己的人生态度：对牺牲自由换取的幸福持否定的态度。女诗人喜欢运用这种“对喻式意象并置”，[3]即把两个意象平行并置，进行对比，使它们互相对应、相互映衬，以传达哲思。例如，在她的《毒菌一夜之间即可长成》（“A Toadstool Comes Up In a Night”）中，“毒菌”“橡树”即为“对

① 朱徽：《中英诗艺比较研究》，成都：四川大学出版社，2010 年：第 19 页。
② 朱立华译自 http://www.poemhunter.com/poem/a-linnet-in-a-gilded-cage/。
③ 曾思艺：《丘特切夫诗歌研究》，北京：人民出版社，2012 年：第 147 页。

喻式意象并置”。

> 一株毒菌一夜之间即可长成，
> 吸取教训吧，渺小的人类；
> 一棵橡树历经百年成长，
> 方可称作橡树。[1]

再如，克里斯蒂娜·罗塞蒂的《没有婴儿的婴儿摇篮》（“A Baby's Cradle With No Baby In It”）。

> 没有婴儿的婴儿摇篮，
> 秋叶凋零的婴儿坟墓；
> 甜美灵魂聚在天堂的家，
> 等在这里的尸体。[2]

象征（symbol）在古希腊是指“拼凑”“类比”，原指一块书板的两个半块，互相各取半块，作为信物，后逐渐用来指那些参加神秘活动的人借以互相秘密认识的一种标志、秘语或仪式。象征是通过象征意象表达出来的，即使用具体的、可感知的意象代表或暗示诸如“品格”“哲思”“情感”等抽象意义。美国诗人、文学批评家路易斯·辛普森（Louis Simpson）在他的《诗歌入门》一书中提出：“象征其实就是除却自身意义之外的其他的意义”，“经过常年的习俗和广泛的应用，一些特定的事物或行为被赋予了特定意义。人们对这些意义的认知是公认的、明显的、它成为人们理解一些复杂思想和感情的捷径。”[3]象征所追求的艺术效果并

---

① 朱立华译自 http://www.poemhunter.com/poem/a-toadstool-comes-up-in-a-night/。

② 朱立华译自 http://www.poemhunter.com/poem/A Baby's Cradle With No Baby In It/。

③ 转引自毕小君：《英美诗歌概论》，北京：知识产权出版社，2009 年：第 74-75 页。

不是要使读者理解诗人究竟要说什么，而是要使读者似懂非懂，恍惚若有所悟，使读者自己去体会到此中有深意；不追求单纯的明朗，也不故意追求晦涩，而是追求半明半暗，明暗配合，扑朔迷离；象征主义诗歌十分强调音乐效果，强调诗句内在的节奏和旋律。

象征主义和意象主义存在一些共性，如它们都是一种诗学流派或创作方法[①]，都是主要通过象征意象和意境去暗示诗人心灵世界的某种感受，都常用通感手法以及奇特的想象与比喻，将一些表面上并不相关的观念或事物组织在一起，抽掉使之联系的关系词语，形成意象的跳跃性，加强诗的刺激性等。因此，“象征性意象”是象征主义元素与意象主义元素进行有机组合，并运用到诗歌这种非常凝练的文学形式之中，为诗人提供了抒发感情、阐述道理的方法，为读者留下了充分的想象空间。

克里斯蒂娜·罗塞蒂在其创作实践中依据自己的审美经验筛选的合适的单一意象，须经某种方式组合起来，亦即意象组合，包括拼合、并置、派生、叠加等方式。并置是意象组合方式的一种，指“互相关联的若干意象用对比、排比或递进等手法连在一起，以相互映衬、深化，多角度地塑造形象、表现情思”[②]。这种并置式意象组合，通常把两个或两个以上的意象以并列的方式有机组合在一起，其间并不一定有时空的限定和关系的承接，主要依靠作者的思想情感作为连结它们的主要纽带。例如克里斯蒂娜·罗塞蒂的《谁人曾识风》（“Who Has Seen The Wind？”）：

谁人曾识风

① 波德莱尔1852年出版的《恶之花》标志着象征主义的诞生。19世纪六七十年代，魏尔伦（Paul-Marie Veriaine）、马拉美（Stephane Mallarme）、兰波（Arthur Rimbaud）等发表一系列象征主义的诗歌，奠定了象征主义的美学基础。

② 朱徽：《中英诗艺比较研究》，成都：四川大学出版社，2010年：第22页。

谁人曾识风？
我不曾，你不曾。
但当垂叶颤抖时，
风儿正穿过。

谁人曾识风？
你不曾，我不曾。
但当树木躬身时，
风儿正掠过。[①]

克里斯蒂娜・罗塞蒂的诗歌注重客观事物的描写，思想内涵的表述简洁、直白。作为虔诚的清教徒，她深居简出，笃守清教而被称为艺术修女（Nun of art），故其诗具有清新、质朴和哀婉的特点，但她感情炽热，善于幻想，热爱生活。她将单一美学意象“风”并列进行叙事，体现诗人对生活的细微观察，对世界的朴素的形而下的认识：我虽不见风，但风客观存在。

美学意象中的物象和寓意的匹配来源于文化经验和互文背景，具有特定的文化表征。西方批评家习惯把“意象”视为等同于西方传统文艺学中 image（意象、形象）的一个范畴，并把审美意象作为艺术创作追求的目标。例如，克罗齐（Benedetto Croce）认为意象是“艺术把一种情趣寄托在一个意象里，情趣离开意象，或是意象离开情趣，都不能成立”，康德认为意象是“想象力重新建造出来的感性形象”，而意象主义（Imagism）大师庞德则认为意象是“在一刹那时间里呈现理智和情绪的复合物的东西”[②]。西方批评家强调文学实践中诗人的主观情趣对客观事物会实施改造、变形和重铸，如克里斯蒂娜・罗塞蒂的《想一想》（“Consider”）：

---

① 朱立华译自 https://www.poemhunter.com/poem/who-has-seen-the-wind/。

② 转引自裘小龙译：《意象派诗选》，桂林：漓江出版社，1986 年：第 152 页。

想一想
田野里那生命短暂的百合花：
——我们就像它。
慢慢地凋谢，
如一片树叶。
想一想
天空中那微不足道的小麻雀：
无论起落，
上帝总注视着他们，
——上帝也守护着我们。
想一想
百合花不耕不织，
可它却如此纯洁。
——究竟有什么价值，
如此备受青睐、如此盘根错节？
想一想
雀儿既无粮仓也无收成，
上帝却赐予它们食物。
——而我们的天父
赐予我们更多。[①]

克里斯蒂娜·罗塞蒂构建了两组象征意象：自然景物“田野”“天空”，动植物“百合花”“小麻雀”进行叠合，百合花象征着美好的品质，如高雅、纯洁，小麻雀象征着平凡、渺小。诗人通过意象比较，抒发自己的情感，表达自己的哲思：无论是纯洁的百合花，还是平凡的小麻雀，虽然它们不事耕织，却得到上帝的眷

① 朱立华译自 Paul Negri: *Pre-Raphaelite Poetry*, New York: Dover Publications, Inc., 2003：61。

顾，主佑万物，主赐一切，也体现出克里斯蒂娜·罗塞蒂的宗教情怀，及其诗歌的宗教色彩。此外，克里斯蒂娜·罗塞蒂还创作了包括《小妖集市》《天堂》《更好的复活》《微笑与叹息》《逗留》《天堂回响》等上百首有关宗教题材的诗歌。

此外，宗教意象叙事也是克里斯蒂娜·罗塞蒂的诗歌常用的一种叙事模式，其中“禁果式”的象征意象也是女诗人经常使用的叙事模式，描述宗教禁锢下的灵魂在天堂现世中的肉体之间的“灵肉合致”，表示孤独的少女真爱难觅，或失去爱情的忧伤，或在梦境的神话或《圣经》等宗教故事中得到真爱。在前面章节分析过的《小妖集市》的第一节就是典型的例证。

每个黄昏和清晨
两少女总能听到小妖的叫卖声：
“来买我家果园的水果哟，
来买吧，来买吧，
苹果，榅桲果，
柠檬，桔子哦，
樱桃饱满，没被鸟啄过哦，
香瓜，木莓哎，
面颊红润的桃子哎，
大黑头的桑椹哎，
野生酸果哎，
山楂，悬钩子哟，
菠萝，黑莓哟，
杏子，草莓哟，
夏天到啦，
全熟透啦。
早晨已经匆匆过去，

美丽黄昏也飞快过去，
来买吧，来买吧，
我们的葡萄刚下架，
石榴可口又饱满呀，
海枣，酸李子呀，
上好的梨子和青梅呀，
越桔，西洋李呀，
品一品，尝一尝。
葡萄干，醋栗子，
通红的伏牛子哦，
满嘴喷香的无花果哦，
南方的香橼哦，
吃了舌头发甜，眼睛发亮哦，
来买吧，来买吧。”[①]

第一小节中主要包括“禁果式”的“派生”象征意象。女诗人受母亲的影响而皈依英国国教，导致她的两次婚约因宗教信仰的分歧而解除。失去爱情的忧伤和格雷夫斯氏病痛的折磨，使她的作品蕴含着神秘主义的宗教色彩与基督教寓言式的诗学主题，因此，许多学者将小妖所售水果解读为伊甸园里的“禁果”，[②]象征着魔鬼的小妖（goblinmen）竭力诱惑象征天使的小姐妹品尝“禁果”。此处“水果”作为主意象派生出 “从属意象”多达29种，当然，这种关系不完全等同于语义学的“上下义”（“co-hyponym”）关系，主从意象组合相互照应，是反复、递进，更加凸显了诗人

① 朱立华译自 Christina Rossetti: *Goblin Market and Other Poems*, New York：Dover Publications, Inc., 1994: 1。

② 笔者在《诱惑、堕落与救赎意识——〈小妖集市〉诗学主题解读》一文中（载《广东广播电视大学学报》，2012 年，第 4 期，第 51—54 页），对小妖所售水果的象征意义有所论及。

所表达的情感，即抵制诱惑需要极强的自律意识和极高的道德水准。再如她的短诗《美丽虚无》（“Beauty Is Vain”）：

玫瑰如此鲜红，
百合如此洁白，
女人可以炫耀自己的容颜
只因它能带来喜悦?
她没有玫瑰甜美，
没有百合率直，
如果她也那样鲜红或洁白，
她将会成为三者之一。
不管她在爱的夏日里脸色潮红，
还是在寒冬中面色苍白，
不管她炫耀她的美丽
还是用面纱将其遮蔽；
不管她是鲜红还是洁白，
不管她是直立还是躬身，
时间将赢得与她的比赛，
并用寿衣将其掩盖。[1]

克里斯蒂娜·罗塞蒂首先将极具象征意义的意象“玫瑰”和“百合”进行并列式并置，形成一组组合意象，象征着“女人”；将两个色彩意象“鲜红”和“洁白”进行对比式的并置，形成另一组组合意象，象征着“容颜”，留给读者一定的想象空间：有着像玫瑰、百合一样鲜艳、洁白的容颜的女人，其归宿将会如何？然后围绕这两组意象组合展开描写，将自己的思想与情感寄托在

① 朱立华译自 Christina Rossetti: *Goblin Market and Other Poems*, New York：Dover Publications, Inc., 1994：52。

这些意象之中，表达了“美”终将会被时间湮没，“寿衣”才是人的最后归宿，体现出其诗歌沉郁的格调，诗人对人生无常的哲思，对生老病死的不安与焦虑。

总之，克里斯蒂娜·罗塞蒂在这首短诗中铺陈了多层次、多类别的意象组合，在形式上体现了“为艺术而艺术”“形式就是一切”等唯美主义文学艺术的自律诗学主题；思想上，通过意象组合，表达了自己的审美思想、审美意识以及对“美”的哲思：“美”只是瞬间的、虚无的，而死亡才是永恒的，体现了克里斯蒂娜·罗塞蒂的唯美主义宗教情怀和宿命思想。

二、比喻意象叙事

比喻意象和象征意象、描述意象一样，是诗人借助鲜明、生动的形象增强诗的表现力，也是克里斯蒂娜·罗塞蒂诗歌意象叙事的主要模式之一。诗人追求“形式至上”的唯美主义特征，运用多种艺术手法对其诗歌的形式精雕细琢，包括多种组合意象的选取和运用，叠加式比喻意象即其中之一。[①]如《小妖集市》的其中几节：

一个长着猫脸，
一个摇着狗尾，
一个踏着鼠步，
一个爬行着像蜗牛，
一个像毛茸茸的笨熊在漫游，
一个像慌乱的蜜獾翻筋斗。
……
劳拉伸长她光亮的脖颈

① 叠加式比喻意象是将一个比喻意象叠加在另一个比喻意象之上，其实质是一种隐喻，由于本体和喻体之间省去了联系词，故而两个具体意象就叠加在一起了。

像只天鹅朝前猛冲急行，
像山涧里的百合激流勇进，
像月光倾泻的白杨树枝，
像激流中刚下水的船只，
摆脱锚缆的束缚在疾驰。
……
头依着头，金发盘绕，
像两只鸽子偎在同一巢，
翅膀相挽相抱，
她们躺着，窗帘遮住了她们的床。
像两朵鲜花恋在一个梗上，
像两片雪花刚刚飘降，
像两条嫩枝，象牙雕妆，
金黄的枝尖像威严的君王。
星月的柔光倾泻在她们身上
催眠曲任由风儿为她们吟唱，
笨拙的猫头鹰忍着不再疾飞，
蝙蝠也不再往复鼓翼，
以免惊扰她们休憩。
面贴着面，胸抵着胸，
她们蜗居于同一窠巢。
……
苍白但金贵的莉齐挺立着，
像一朵急流中的百合，
像一块蓝色纹理的礁石，
被浪潮恣意地拍击；
像一座灯塔被孤零零地遗弃
在一片咆哮的苍茫大海里

发射出一束金色的光芒；
像一棵树冠挂满果实的桔树，
白茫茫的花朵香甜如蜜，
招来了黄蜂和土蜂袭扰的痛楚；
像一座贞女一样高贵的小镇，
上空矗立着圆的和尖的镀金屋顶，
正遭到一支舰队密集的围攻，
欲将她的旗帜疯狂扯下。
……
她的头发飘散着像火炬
被飞速奔跑的赛跑者高高举起，
或像飞奔骏马的鬃毛，
或像一只老鹰逆着阳光
径直飞向太阳，
或像一个囚笼里的生命重获自由，
或像一面旗帜在行进队伍中高扬。
烈焰在她血管里沸腾，撞击着她的心，
在那儿遇到了焖烧着的微火，
并压住了它较弱的火焰，
她吞咽着无名的酸苦。①

比喻意象是克里斯蒂娜·罗塞蒂常用的一种重要的表现方式。比喻意象类似于中国古典文学理论批评中的“比”，也是《诗经》“赋比兴”的“比”，指作者把自己的情思、情感直接比作人或物，使其具有人或物的特征；比喻意象直接与被比拟的意象连接，中

① 朱立华译自 Christina Rossetti: *Goblin Market and Other Poems*, New York: Dover Publications, Inc., 1994: 1.《小妖集市》全诗 568 行，文中只能摘取部分小节进行实证分析，完整译文见附录一。

间省去了连接成分，读者必须摆脱常规的思维进行跳跃式联想、想象，才能找到意象间的微妙联系。意象之间的连接方式有明喻、暗喻（metaphor，也称隐喻）、借喻和奇喻（conceit，别出心裁的比喻）等。[①]

第一，明喻式比喻意象。明喻是最简单、最常用的表现手法，也是最具表现力的一种修辞手段，因此被广泛运用。查普曼认为明喻是将一个事物同另一事物联系起来，其同一性基点是特定的。明喻在构成上比隐喻要多一个要素“基点”。由于明喻具有明显的理性概念的特点，它与隐喻不同，既不能使读者产生顿悟，又不能表达作者在使用该意象时的心情，或唤起读者同等程度的心理共鸣。它只是一种临时的、甚至可以任意选择的辅助性手段，其作用在于解释或作为例证，因此很多批评家往往重隐喻而轻明喻。当然，明喻具有临时性，但是获得“整体经验”的期望可以不断地更新，与隐喻较为宽泛、模糊的含义相比，具有更强大的生命力，在诗歌创作实践中经常被运用。如克里斯蒂娜·罗塞蒂的《更好的复活》（“A Better Resurrection”）：

> 无智，无语，无泪；
> 我的内心**犹如**寒石，
> 对于希望或恐惧都已无动于衷，
> 左顾，右盼，我孑身独栖。
> 我举目，但双眸忧伤而黯然，
> 眺不到绵延的山丘；
> 我的生命就在那凋落的树叶之中：
> 哦，主啊，赐我活力吧。
>
> 我的生命**犹如**一片枯叶，

① 毕小君：《英美诗歌概论》，北京：知识产权出版社，2009 年：第 72 页。

我的结局将退缩为一个空壳:
在这个贫瘠的黄昏,
我的生命空虚乏味而易逝;
我的生命**犹如**僵物,
我看不到些许蓓蕾与绿意:
然而春的生机终将复苏;
哦,主啊,让我复活吧。

我的生命**犹如**一只破碗,
盛不了点滴
心田里的甘露
酷寒中的烈酒;
投入火中,这破损之碗,
将它熔化和重铸,直至成为
一只尊贵的杯子,献给他——我的君王:
哦,主啊,用我畅饮吧![1]

在这首回环体短诗中,作者将四组明喻式比喻意象拼合,以“寒石”喻“内心”,以“枯叶”“僵物”“破碗”喻“生命”,作为主体(tenor)的是内心与生命,载体是没有一丝生机的枯叶,僵死的、破碎的物象。[2]“生与死”是克里斯蒂娜·罗塞蒂经常涉及的创作主题,肉体长期遭受疾病的折磨,再加两次婚约的解除,精神受到打击而变得麻木,她的内心犹如寒石,感到孤独、无助,对生命的意义和价值的认知发生了很大的变化,对生命失去了激

---

① 朱立华译自 Christina Rossetti: *Goblin Market and Other Poems*, New York: Dover Publications, Inc., 1994:40。

② 主体(tenor)与载体(vehicle)最先是由理查兹(I. A. Richards)在他的《修辞哲学》(牛津大学出版社,1936 年)一书中提出的两个术语,类似于传统修辞学的“本体”和“喻体”,但属于语义学范畴,而非传统的修辞学范畴。

情，发出“生命空虚乏味而易逝”的感叹。心灵的苦痛在世俗的尘世中无法解脱，只能寄希望于宗教，因此，她认为“春的生机终将复苏”，破碗将会“熔化和重铸”，作为献给主的礼物，她的生命在宗教世界里得以复活。“枯叶”“僵物”“破碗”“寒石”等意象给读者强烈的视觉乃至心灵的震撼，体现出她诗歌中的神秘主义和象征主义的宗教色彩，体现出唯美主义者“通过感官治疗灵魂的创痛，通过灵魂解除感官的饥渴”的“灵肉合致”的思想，同时体现出克里斯蒂娜·罗塞蒂“丑中求美”的病态的审美特征。再比如《冰凉如死亡？》（“Cold Like Death？”），题目本身就是一个明喻——冰凉就像死亡：

啊，可悲的我，追求着空虚的快乐，
啊，可悲的我，追求着流逝的荣耀：
快乐最终带来了忧伤，
荣耀最终带来了徒劳！
低沉的心在诉说，在倾诉，
直到伟大的天使像阵风吹过，
让日月感到惊骇，
将繁星吹落如同急雨。
人们始终感到恐惧，
而弯下沉重的身躯；
古人在无聊中躺下，
强者在倦怠中起身；
是啊，即使年轻人也会哀叹着，
你呼我应：多么空虚！[①]

① 朱立华译自 Christina Rossetti: *Selected Poems of Christina Rossetti*, Hertfordshire: Wordsworth Editions Ltd., 1994: 60。

第二，隐喻式比喻意象。隐喻是审美主体在B类事物的暗示之下感知、体验、想象、理解、谈论A类事物的心理行为、语言行为和文化行为。其研究范畴不再局限于句法、词汇等修辞层面，而是拓展到认知语言学、语义学、语用学等多个领域。因此，隐喻研究具有一定的研究意义和价值，本小节将重点对克里斯蒂娜·罗塞蒂的隐喻性比喻意象进行解读。

隐喻研究在当下语境中已经成为一门显学——隐喻学。学术界对隐喻的性质与定义以及它们之间的关系仍有争议。一般来讲，它指用一个或多个概念、意象或象征，来喻示另一个概念、意象或象征，使其表达更加生动，述意更加复杂，含义更加深广；隐喻关系包括：比较、对比、类比、相似、并列、相同、张力、冲突、融合等；隐喻在诗歌中的性质、用法与功能是区别诗歌的想象与表达方式和其他体裁作品的逻辑与推理方式的标志；传统的观点则认为隐喻是一种修辞手段或者是一类比喻手段，用于语言修饰、生动描写、阐述意义或制造某种神秘感。莱考夫和约翰逊认为，隐喻的认知方式是从源域到目标域的映射，读者和批评家所受到的心理冲击力或者作品的影响力，是由其对意象的认知感强度决定的，而源域与目标域映射的距离决定认知感的强度。如果将西方隐喻理论移植到文学批评实践之中，那么“象”在源域之中，而“意”在目标域之中，换言之，如果“象”越独特、越奇异、越怪诞，说明“象”和“意”的距离越远，读者的想象空间就越大，隐喻对读者的视觉冲击力也越强。

莱考夫和约翰逊（G. Lakoff & M. Johnson）认为，[①]隐喻是人类将某一领域的经验用来说明或理解另一领域的经验的一种认知活动，而不仅仅是辞格或语言现象。人类最初认识世界是从认识自身开始的“体认”，是把人类自己当作衡量周围事物的标准，由

① Lakoff, G. & Johnson, M.: *Metaphors we live by,* Chicago: University of Chicago Press, 1980: 4.

此产生一种非常有趣的语言现象，中英文中有很多以身体器官作为隐喻式比喻意象的情况，譬如瓶有瓶口、瓶颈；树有树冠、树身；山有山头、山脊、山腰、山脚等。隐喻是两个不同语义场之间的语义映射，指源域的经验映射到目标域，以便重新认识目标域的特征。

隐喻的诗歌功能使隐喻成为诗歌研究方法之一。首先，隐喻的诗意化功能。隐喻具有修辞和诗歌双重功能，隐喻是诗歌的生命，是诗人的主要文本和荣耀，诗人的大脑完全是一套隐喻的句法；诗歌作为表达符号具有认知功能，诗歌语言本质上与更广的语境密切联系，因此隐喻与诗歌具有同质现象。[①]其次，隐喻与诗歌的陌生化。诗歌作为一种特殊的文学形式，通过语言的多种变异，来表达诗人的独特情感或传达一种特殊意义。在诗歌创作实践中，诗人往往把没有关联的事物或意象进行并置或叠合，留给读者巨大的想象空间，诗歌在这种陌生化过程中扮演着极为重要的角色。[②]隐喻研究在当下已成为一门显学，内容繁杂，不复赘述。

隐喻式比喻意象是克里斯蒂娜·罗塞蒂诗歌经常运用的一种表现方式。在隐喻的认知功能视角下，在句法层面上对克里斯蒂娜·罗塞蒂诗歌的比喻意象研究具有一定的价值。事实上，前派诗人也经常自觉或不自觉地运用隐喻的认知功能。如克里斯蒂娜·罗塞蒂的《终于安息》（“Sleeping at Last”）：

终于安息，不再挣扎、不再烦恼，
终于安息，不复恐惧、不复喧闹，
寒冷苍白，不见朋友、不见恋人，
终于安息。

① 束定芳：《修辞学研究》，上海：上海外语教育出版社，2000 年：第 120 页。
② 束定芳：《修辞学研究》，上海：上海外语教育出版社，2000 年：第 127 页。

疲惫之心不再沮丧、不复懊恼，
不再有绞痛或无尽的恐惧萦绕，
终于安息，不再有噩梦的困扰。
终于安息。林梢间鸟儿的鸣叫
或阵阵疾风也唤她不醒。
覆盖着紫色的百里香与三叶草，
终于安息。①

克里斯蒂娜·罗塞蒂诗歌的总体特征是背景描画丰满、细节描写精致以及感官刺激强烈等，蕴含着浓厚的神秘主义、象征主义和宗教色彩，追求爱与欲望、梦幻与死亡等主题。在宗教式的短诗《终于安息》的开头和每小节的结尾，讨人数次重复“终于安息”，表达了“死亡是人生之旅的终点站”这一隐喻性概念。女诗人铺陈了“百里香”与“三叶草”两个意象，象征爱情与幸福；在她的眼里，死亡是幸福，是人生苦痛的解脱，不再“挣扎、烦恼、懊恼、喧闹、沮丧、恐惧”，不再有“绞痛、噩梦”，表达了又一隐喻概念：“人生是苦痛之旅”。两个隐喻概念叠加在一起，体现了作者的宗教情怀和哲学思想：人生是苦痛之旅，死亡是人生之旅的终点站。克里斯蒂娜·罗塞蒂对死亡的哲思，这种“视死如归”的人生态度，在其诗歌之中并不鲜见，如她的《甜蜜的死亡》（“Sweet Death”）：

最甜蜜的花儿已死亡。
确已死亡，我天天奔教堂
去祈祷和颂扬，
穿过郁郁葱葱的墓地，

① 朱立华译自 Christina Rossetti: *Goblin Market and Other Poems*, New York：Dover Publications, Inc., 1994：64.

看见阵雨中坟头的花儿从嫩叶中脱落，
我暗自思量：
凋落之前
花儿怎样向空中吐馨香。
最鲜嫩的花儿已凋亡。
凋落后它们又把沃土来滋养，
那正是不久前它们出生的地方；
生亦甜美，死更风光，
似乎生死未曾发生这个世界上：
所有的花色复归绿色；
色彩不再艳丽、芳香不复飞扬，
唯有小草，生命价值更加久长。
青春和美貌俱已死亡。
确已死亡，哦，上帝，万能之神：
圣徒和天使，快乐的伴侣，
比美貌和青春更值得赞赏；
而你，上帝，我们心安神逸的依仗，
远比这一切更值得赞赏。
为什么我们面对丰厚的收获而退让？
为什么我们宁愿零星拾穗而满怀忧伤？①

综上，隐喻式比喻意象是克里斯蒂娜·罗塞蒂常用的又一种表现方式，隐喻既是传统文学批评理论中词汇层面的一种修辞现象，即在第二类事物的暗示之下感知、体验、想象、理解、谈论第一类事物的心理行为、语言行为和文化行为，又是句法层面乃至话语层面的一种认知方式，研究范畴已经拓展到认知语言学、

① 朱立华译自 Christina Rossetti: *Goblin Market and Other Poems*, New York：Dover Publications, Inc., 1994：44。

语义学、语用学以及文学批评等多个领域。隐喻研究正逐渐成为一种显学。隐喻的诗歌功能决定了其在诗歌意象研究中的意义和价值，为解读克里斯蒂娜·罗塞蒂的隐喻性比喻意象提供了理论指导和实证方法。

三、通感意象叙事分析

法国象征派诗人兰波（Arthur Rimbaud）提出，诗人应该打乱一切固有的感觉，诗的语言应当综合一切，在一首诗中体味多种活的形象。他的《彩色十四行诗》被象征派诗人奉为诠释和印证通感论的典范之作。[①]法国象征主义诗人波德莱尔在唯美主义文学实践的基础上，借鉴了瑞典哲学家、神学家伊曼纽·斯威登堡（Emanuel Swedenborg）的理论，构建了"通感"理论，强调人的各种感官之间相互应和的关系，主张通过暗示来识读奥秘，通过具象描绘破译抽象情思，从联想产生形象。而其象征手法的理论基础是他自己提出的"通感"理论，主要体现在其《恶之花》中的一首名诗《感应》（又译《应和》）里。国内学者薛家宝在《唯美主义研究》一书中对此进行研究，提出"唯美主义诗人大都重视颜色、气味、声音对人的视觉、嗅觉、听觉等感官刺激所唤起的印象"。通感是一种审美体验，通感意象的铺陈是作者创作的需求，更是读者审美的需求。通感意象的发话主体对意义的传递不是靠语言线性组合来实现，而是建构在对语言超常规组配所营造的跨感官域意象的感悟上，是情感意念的外化形式，其美的特质体现在把相异感觉域的情感色彩赋予核心意象上，需要审美主体的解读和感受。中国传统文学批评理论通常强调通感意象的文学性及其诗学功能，将通感意象视为诗歌创作中的一种艺术表现手法或修辞手段，一种用感觉的相互作用来表现作家生活感受的艺

① 朱徽：《中英诗艺比较研究》，成都：四川大学出版社，2010年：第139页。

术形式。而在西方现代文学批评中，通感意象研究已涉及认知语义学、接受美学、叙事学等领域。

包括克里斯蒂娜·罗塞蒂在内的唯美主义诗人经常使用通感意象，使其语言表现更具诗学价值，使读者体验到通感意象语言的多感性，语言意境的丰富性和完美性。

通感意象是克里斯蒂娜·罗塞蒂常用的意象艺术之一。诗人在诗歌的创作实践中往往将某一感觉领域的意象转向另一感觉领域，即通过艺术的联想和想象，如听觉、视觉、味觉、嗅觉和触觉相互移借，相互沟通，构建了听觉意象、视觉意象、味觉意象、嗅觉意象、动觉意象和意觉意象等，给人以语言感受上的陌生感、新奇感，产生出新颖奇特的艺术效果，体现出其诗歌的唯美主义特征。通感意象也是克里斯蒂娜·罗塞蒂诗歌的唯美主义“形式”之一，具有唯美主义的艺术风格与美学思想。因此，通感意象具有认知功能，体现出认识论中对事物本体认知的哲学观。

从历时性和词源学的角度考察，Synaesthesia（通感）一词源自希腊语，syn 意指“统合”“一起”，aesthesia 意指“感官”，眼、耳、舌、鼻、身诸种感官在特定的环境下的相互沟通，这种生理的感官刺激会导致心理上的感受反应，这种生理、心理的交互过程运用到文学实践和批评实践之中，产生了一种语言现象——通感，因此通感既是基于生理学基础的物质现象，也是基于心理学基础的精神现象，体现出哲学、美学和诗学的思想和艺术特征。“通感”本质上就是感觉移觉。生理学研究表明，人类的感官器官可以将其所接受的适宜刺激，通过内脏神经传到大脑的皮质，进入能够引起兴奋的相应区域，不同的区域刺激物会产生不同的反应，出现个体感觉域的表现，同时大脑皮层的各个区域间边缘地带存在许多“叠合区”，具有连接、协调、沟通的作用，在兴奋分化的同时，产生兴奋泛化，引起心理感觉的挪移，在心理上表现为一种幻觉，甚至是错觉，因此一种感觉可以引起另一种或多种感觉的联想，心理学家称之为“通感”或感觉移觉，通过感觉移觉可以来认识世界本源和人类自身。[①]

在文学实践中，克里斯蒂娜·罗塞蒂充分利用自己的想象力，化抽象为具象，用酸、甜、苦、咸（如痛苦、寒酸、热辣），来比拟抽象的思想或空灵的观念，增强诗歌的审美情趣和艺术表现力。在其诗歌中经常使用味觉作为源感官，经常用“甜美”（sweet）一词来表达自己内心所渴望的爱情的甜蜜，用“苦痛”（bitter）一词来表达自己作为红尘中人所遭受的精神磨难的一种哲学观。例如，克里斯蒂娜·罗塞蒂的短诗《定数》（“The One Certainty”）：

虚空加虚空，布道者称，
万物皆空。眼睛和耳朵
不可能为所见所闻所蒙蔽。
芸芸众生，
像晨露，像阵风，像枯草，
被希望和恐惧颠来倒去：
欢娱难寻，快乐难觅，
万物入土皆为空。
今日如昨日，
明日亦如此，
天下无新事，
恰似老茎生老刺儿。
清晨寒冷，黄昏灰暗，
时光飞逝，岁月惨淡。[②]

① 邱文生：《通感意象的功能透视与语言建构》，载《东北大学学报（社会科学版）》，2008 年，第 5 期，第 455 页。

② 朱立华译自 Christina Rossetti: *Goblin Market and Other Poems*, New York: Dover Publications, Inc., 1994: 43。

在这首短诗中克里斯蒂娜·罗塞蒂对视觉、听觉都有所论及，认为眼睛和耳朵“不可能为所见所闻所蒙蔽”，而是注视着、倾听着芸芸众生，看到凡尘中人“像晨露”“像枯草”，听到他们“像阵风”“被希望和恐惧颠来倒去”，寄托了自己的情思：“欢娱难寻，快乐难觅，万物入土皆为空。”正如车尔尼雪夫斯基所言，“美感是听觉和视觉不可分离地结合在一起的，离开了听觉，视觉是不可想象的”。视觉和听觉也是人类获取信息、认识世界的重要途径。诗人在其诗歌创作实践中以视觉或听觉为源感官，或将视觉与其他感觉移借，或将听觉与其他感觉移借，或将视觉与听觉之间相互移借，来构建一种变异的、陌生化的意象，使读者体验到其通感意象语言的多感性，语言意境的丰富性和完美性。

克里斯蒂娜·罗塞蒂诗歌的美学意义、美学价值、美学思想还需要通过读者的审美实践来实现。正如英伽登提出的，文学艺术作品有两极，即“艺术极”和“审美极”：“艺术极即文学艺术作品的作者创造的文本，而审美极则是读者对文本的具体化。”英伽登把作品自身的艺术价值同读者通过具体化创造的审美价值区别开来，声称：“艺术价值是作品本身所具有的质量，其存在的基础是文学作品的文本；而审美价值则是读者在阅读过程中在文本的作用下创造出来的价值。个别读者对文本的具体化虽然可能为艺术作品增添某种审美价值，但这一价值与作品的艺术质量并不一定具有同一性，在大多数情况下，它对于正确、忠实地理解作品甚至是有害的，可能导致作品艺术质量的丧失。只有恰当的具体化才能重建作品的部分艺术质量。”20 世纪 60 年代中期，沃尔夫冈·伊瑟尔对英伽登的两极理论进行了改造，摒弃了它的不可知论成分，并将它运用于文学接受研究。他认为，不能把文学作品的艺术价值和审美价值截然分开并对立起来，“艺术价值固然构成审美价值的基础，但必须通过审美价值才能得到体现。审美价值是读者在具体化过程中对艺术价值华彩化的产物，比艺术价值更为丰富”。以此类推，对于克里斯蒂娜·罗塞蒂诗歌的价值评判，需要强调读者的主体地位和期待视野，重视读者作为审美主体对于审美客体的审美感受。克里斯蒂娜·罗塞蒂的诗歌，诸如《死后》(“After Death”)、《微笑与叹息》《天堂回响》《生死之间》(“Life and Death”) 等，经常运用通感意象艺术，来表达其唯美主义诗学观。例如她的短诗《死后》:

窗帘半拉地已扫，
地上洒满灯芯草；
五月花与迷迭香，
层层叠叠铺床上。
常青藤，浓荫婆娑映入窗。
他俯身打量我，以为我睡得香
听不到他的声响，可我明明听到他在讲：
“孩子啊，可怜的孩子”；他背过脸庞，
然后是一阵默然神伤；我知道他悲戚而哀伤。
他没有触碰装殓我的衣裳，
没有揭起我脸上的遮布，
没把我的手握入他的手掌，
没把我头下平坦的枕头弄得又皱又脏。
活着的时候他不爱我，
死了却又怜悯我；知悉君身无甚恙，
丝丝蜜意暖心房，奈何吾身已冰凉。[①]

诗人以甜蜜喻心房，纵然自己已经离开了苦痛的尘世，但幻觉中知悉心中的“他”还在人世，且“怜悯我”，她的心房满是柔

① 朱立华译自 Christina Rossetti: *Goblin Market and Other Poems*, New York: Dover Publications, Inc., 1994: 22。

情蜜意。她的短诗《微笑与叹息》里写到“微笑是因为黑夜的短暂，/和黎明带来的极度快活，/甜蜜的性爱，无害的嬉戏：爱，创造和发掘它的财富；爱，是笔无法估量的财富。叹息是因为白昼的漫长，漫长的日子在叹息中消磨，心灵的重负使歌声哀婉忧伤，时光拖慢本应飞逝的脚步，我们活着却注定死亡”，用味觉“甜蜜”表性爱，表达了诗人对爱情与死亡的思考。诗人往往幻想死亡，进入天堂，以“甜蜜”表梦幻，以死亡求解脱：“哦，逝去岁月里的记忆、希望和爱情，归来吧，在夜晚的寂静里，归来吧，在梦呓的寂静里。归来吧，你圆润的脸蛋和明亮的眼睛/像小溪上阳光明媚，归来吧，你双眼噙满泪水。梦，你如此甜蜜，痛苦得甜蜜，梦醒时分本该在天堂里……”（《天堂回响》），她认为“生不甜美。有天它终将甜美/我们双眼一闭，死去之后”（《生死之间》）。诗人一方面祈求真爱，另一方面因真爱难觅、真爱易逝而内心忧伤，肉体的疾病与精神的伤痛使她把目光转向死亡，希冀在天堂获得真爱，获得幸福，因此她的诗中既有人性和感觉的浓厚色彩，又有神性和灵感的神秘色彩。天上之灵与地上之肉的爱融合在一起，肉的灵化，灵的肉化，达到了“灵肉一元”的最高境界，体现出克里斯蒂娜·罗塞蒂诗歌的唯美主义美学观。

综上所述，通感意象叙事和象征意象叙事、比喻意象叙事一样，是克里斯蒂娜·罗塞蒂经常使用的叙事艺术。通感意象是诗歌创作实践中经常使用的意象挪移手段，亦即认知语义学范畴里，由低级感官域的意象到高级感官域的意象的映射，从可及性较强的意象特征到可及性较弱的意象特征的映射。克里斯蒂娜·罗塞蒂诗歌的通感意象表现出明显的唯美主义诗学观。其通感意象的运用“有助于诗人以更强的艺术感染力去描摹景物，抒发情感引起读者更强烈的感受，有助于弥补语言材料不如音乐、绘画能够使人直接感知的缺憾，把不容易把握的抽象概念鲜明生动地表现出来，实现虚与实、抽象与具体之间的转换，增强作品的形象性和感染力，有助于创造出新颖奇特的艺术形象和意境”，对于文学实践和批评实践具有一定的现实意义。

第五章　悲剧意识与死亡叙事

肉身之爱，有时而尽，唯独精神之爱，方能长存。

——〔英〕但丁·罗塞蒂

圣徒说："死亡不会使我们消亡，而是让我们长眠的地方充满荣光，耶稣让我们长在，而他却为我们而亡。"

——〔英〕克里斯蒂娜·罗塞蒂

死亡书写是克里斯蒂娜·罗塞蒂诗歌的主题之一，也是其主要叙事策略之一。在其一生创作的近千首诗歌中，大概三百余首是以书写死亡进行叙事。诗人在这些死亡叙事诗中，对死亡这一终极主题进行了诗意的书写，多采用虚幻的"死亡亲历书写"，体现了其死亡叙事的艺术魅力。因此，本章将主要通过死亡叙事模式，分析克里斯蒂娜·罗塞蒂诗歌的死亡与生命悲剧意识，及其超越生死的"出世"境界，探析诗人对死亡意识与生命悲剧意识的哲思。

第一节　克里斯蒂娜·罗塞蒂诗歌的死亡叙事

克里斯蒂娜·罗塞蒂受母亲的影响而皈依英国国教后，她的两次婚约皆因宗教信仰的分歧而解除，再加上格雷夫斯氏病痛的折磨，虚幻的死亡成为她挥之不去的阴影，也成为其诗歌创作的主题和死亡叙事的缘起。然而，不同于传统悲观的、黑暗的“死亡”，克里斯蒂娜·罗塞蒂的“死亡”是乐观的、明艳的，是“不惧死亡”的、超然“出世”诞生境界的写照。例如，在《甜蜜的死亡》中，诗人以花为美学意象，表达自己的生死观——生亦甜美，死更风光；认为最鲜嫩的花儿虽然已经凋亡，但它凋落后又去滋养生我养我的沃土，似乎死亡未曾发生在这个世界上，生命因其循环不息而价值更加久长：

最甜蜜的花儿已死亡。
确已死亡，我天天奔教堂
去祈祷和颂扬，
穿过郁郁葱葱的墓地，
看见阵雨中坟头的花儿从嫩叶中脱落，
我暗自思量：
凋落之前
花儿怎样向空中吐馨香。

最鲜嫩的花儿已凋亡。
凋落后它们又把沃土来滋养，
那正是不久前它们出生的地方；
生亦甜美，死更风光，
似乎生死未曾发生这个世界上：
所有的花色复归绿色；
色彩不再艳丽、芳香不复飞扬，
唯有小草，生命价值更加久长。

青春和美貌俱已死亡。
确已死亡，哦，上帝，万能之神：
圣徒和天使，快乐的伴侣，

比美貌和青春更值得赞赏；
而你，上帝，我们心安神逸的依仗，
远比这一切更值得赞赏。
为什么我们面对丰厚的收获而退让？
为什么我们宁愿零星拾穗而满怀忧伤？

克里斯蒂娜·罗塞蒂诗歌的死亡书写以“亲历书写”（“遗书式”的虚幻死亡书写）为主，如《天堂回响》《微笑与叹息》《魂归故里》和《歌，我死之后》（“Song，When I Am Dead”）等，几乎没有使用“直接书写”（“直播式”的再现死亡场景，叙述死亡感受），偶尔使用“间接书写”（死亡叙事中，可以感受由死亡迷惘带来的一种有意逃避或躲闪的叙事态度）。[①]克里斯蒂娜·罗塞蒂的《我死之后》，就采用“遗书式”的虚幻死亡书写进行死亡叙事。一个人不可能以内聚集的叙事模式讲述自己的死亡经历和死亡感受，所以其对于自身的死亡书写只能是“遗书式”的虚幻叙事。在这首短诗中，女诗人向“亲爱的”交代后事：不要为我唱挽歌；不要在我头边种玫瑰，不要松柏青翠，只希望自己的坟头青草萋萋，沐浴雨露，也不在乎自己是否被记得或遗忘，体现出诗人超然豁达的死亡与生命悲剧意识。

在我死后，亲爱的，
不要为我唱挽歌；
在我头边，
不要种玫瑰，不要松柏翠，
唯求坟头草萋萋，
沐雨浴露滴。

① 王列耀、池雷鸣：《死亡叙事的演变与小说美学的关联》，载《江汉论坛》，2013年，第8期。

你愿记得就记得，
你愿忘记就忘记。
我再不会看到阴翳，
我再不会感到雨滴，
我再不会听到夜莺
低吟浅唱如诉如泣。
仿佛在薄暮中做梦
暮气霭霭不落不起，
也许我将长相忆，
也许我将永忘记。[①]

死亡书写是文学创作和审美实践的永恒主题。中西方文学中，关注人类的生存困境、探索人类的生命价值，都无法绕开人生的终点：死亡。死亡有生物死亡，如尸体冷却、僵化、腐烂；有心理死亡，如“疯子”；有社会死亡，如对人进行监禁或精神病治疗；有精神死亡，即犯了死罪的灵魂的死亡。[②]死亡是每个人的共同归宿，有恐惧死亡者，有视死如归者，有将视死如归的情感寄托在诗歌之中者。正是人类对死亡的恐惧和面对死亡的超然心理决定了死亡意识研究的二元性：一是物质世界的普适性，二是精神世界的独特性。前者是人类对于死亡最普遍的、最原始的认知和体验，认为死亡是可憎的、令人恐惧的，表现为死亡恐惧，强调死亡意识的现实意义；后者更多体现出人类在精神层面对死亡的独特认知，认为死亡是美好的、自由的、崇高的，表现为死亡的超然，注重死亡意识的美学伦理。例如，克里斯蒂娜·罗塞蒂在《挽歌》（“A Dirge”）中感叹生死的无常：

---

① 朱立华译自 Christina Rossetti: *Goblin Market and Other Poems*, New York: Dover Publications, Inc., 1994: 33。

② 路易·托马：《死亡》，潘惠芳译，北京：商务印书馆，2001 年：第 4 页。

为何你在冬雪飘落时出生，
你该在杜鹃鸣啭时，
在葡萄翠绿成串时，
至少在飞燕群聚时降生，
因为夏日接近尾声，
它们即将远行。
为何你在小羊啃草时辞世，
你该在苹果落地时，
在蝗虫飞来滋事时，
在麦田只剩下麦茬时离世，
风儿在叹息，
因为最美好的事物已消逝。[①]

死亡意识与悲剧意识属于心理学范畴，是指人作为生命主体对死亡客体的认知和体验，是每一个生命个体都存在的普遍意识。死亡意识具有个性特征，换言之，没有两个人的死亡意识完全相同，因为其具有高度的主体性，而不同个体基于自己的主体情况产生的死亡意识并不相同。文化转型和跨学科研究的趋势打通了学科界限，死亡意识从心理学研究领域移植到文学研究领域，死亡意识变成了文学研究（诗歌）研究的一个关键词，这也是进行克里斯蒂娜·罗塞蒂诗歌研究的一个理论依据或研究视角。死亡意识通常表现在死亡恐惧心理和不惧死亡心理两个方面。

一、死亡恐惧意识

其一，死亡恐惧心理。“上帝创造了人同时也创造了恐惧”[②]，无论是间接面对死亡，还是直接面对死亡，人类对死亡的恐惧心

① 朱立华译自 https://www.poemhunter.com/poem/a-dirge-3/。
② 杨平：《死亡》，沈阳：辽宁民族出版社，1994 年：第 77 页。

理是普遍存在的，在一生中大部分时间里，间接面对死亡阶段和最后的直接面对死亡阶段，其恐惧心理呈现出由抽象到具体、由分散到凝聚、由思想到灵魂这样的发展轨迹，这也是每个人必然经历的心理历程。通常情况下，对生的关注多于死，死的状态是朦胧的、抽象的、潜在的，如果不是见到车祸丧生、病人离世等死亡的现象，人们常常遗忘了它，恐惧被压在了心底，或转移为其他某种形式，但是绝不能说它不存在。但在有限的等待情况下，如患不治之症的病人或被判死刑的人，等待恐惧是残忍的苦痛（正如克里斯蒂娜·罗塞蒂的诗歌所表现出的那种苦痛），精神的折磨比肉体更甚，可使人精神扭曲，狂人画家梵高即为一例。其二，体验的恐惧。主要表现为看到天灾人祸所造成的他人死亡及其引发的死亡体验所造成的恐惧心理，这是因为由他人联想到自己的体验行为可以使概念成为形象，使遥远而陌生的东西成为身边可感的物象，从而引发人心里的最深层的情感。通过对身边所熟悉的他人的死亡的体验，可以使自己意识到生命的短暂和宝贵；从而摆脱所处尘世的各种欲望的诱惑和困扰，是大多数人体验死亡恐惧的普遍心理反应。其三，面临死亡的恐惧。主要指人在直接面临死亡的时刻往往伴随着巨大的恐惧，这种恐惧本身常常置人于死地。例如，一个人被诊断患了癌症，死亡的恐惧很快将其击倒，身体和精神濒临崩溃，然而复诊时被告知以前是误诊，这个人“噌”的一声坐了起来，也就是人们常说的不是病死的，而是自己把自己吓死的。因此，人们面对死亡时是出于恐惧而恐惧，如果明白了这种精神力量或心理作用，死亡及其恐惧就不会再折磨他们疲惫的身心，使他们在那最后安详的时刻，从容而平和地告别一路风尘的人世。

二、死亡不惧意识

死亡不惧心理主要是指“人总不免一死，说明人生总有极限。

有极限的人生是失败的人生。失败的人生肯定不是美的人生。死是肉体的终结，是臭皮囊的结束，不值得哀叹。而如果一定要去哀叹它，就等于是拒绝死而后生的永恒之美。为结束痛苦而悲伤，不是精神病就是贱骨头，绝不是正常理智之人所为。死亡之美就在于：它结束了痛苦和不幸，迎来了快乐、安宁和新希望”[①]。不惧死亡心理是死亡意识的特殊表现，具有独特性，认为死亡是新生命的起始，是心灵苦痛的终结，是“生死轮回”“死亡与复活”等宗教思想影响的体现。现世的肉体死亡反照来世的精神复活，世俗的死亡反衬灵魂的不灭，更能体现出有关崇拜死亡的意识，更具有研究意义。

死亡主题在文学、哲学和宗教学领域都具有重要地位，许多学者对死亡进行了哲学和宗教学的思考。叔本华认为：“死亡是给予哲学灵感的守护神和它的美神，苏格拉底之所以说哲学的定义是‘死亡的准备’，即是为此。诚然，如果没有死亡的问题，恐怕哲学也就不成其为哲学了。”[②]罗素提出，“死亡的恐惧是宗教的基础”，强调死亡意识在宗教领域的体现。[③]法国的路易斯·托马斯（Louis Thomas）认为：“无论它（死亡）是否被拟人化了（伟大的此神），还是被用阴性名词（死亡）或是阳性名词（去世、逝世）来表达，死亡都是一种真实、具体、不同形式的数据资料，它流行在众多的领域里。”[④]苏格拉底提出“哲学是死亡的实习”的名言，雅思贝尔斯提出了“从事哲学即是学习死亡”的论断，今道友信认为：“对于人类来说，没有像死那样使人思考虚无的场所了。对自我来说，死是虚无最强烈的形象。正如虚无曾经使柏

---

① 王文斌：《无畏的歌赞：死亡崇拜之解剖》，沈阳：辽宁人民出版社，1993 年：第 137 页。

②〔德〕亚瑟·叔本华：《爱与生的苦恼》，陈晓南译，北京：中国和平出版社，1986 年：第 149 页。

③ 孙利天：《死亡意识》，长春：吉林教育出版社，2001 年：第 113 页。

④〔法〕路易·托马：《死亡》，潘惠芳译，北京：商务印书馆，2001 年：第 3 页。

拉图和德谟克利特所惊惧的那样，死在他们那里，不，自古以来，就是一般哲学最正统的课题。思索存在的人，而且思索人的人，不能不思索死。”①

毋庸置疑，死亡书写是文学作品的一个永恒的主题，无论是哲学家还是诗人，都对其给予充分的关注，包括死亡的认知、死亡的恐惧、死亡恐惧的心理状态类型、死亡恐惧的原因等。“（死亡）意识大大地改变了人对生的看法，不是‘未知生，焉知死’，而是不知死，焉能知生。只有死才能反照出生，对死的反思是对生的反思的集中体现。”②正是死亡的永恒、死亡的恐惧，反照出生命的短暂、生命的价值，促进了死亡叙事的研究。

第二节　克里斯蒂娜·罗塞蒂诗歌的死亡与生命悲剧意识

生命悲剧意识是死亡意识的一种具体表现，是自我和本我层面的体现，表现为对个人主体的悲剧性存在的意识，也是个人的内心矛盾冲突的表现，死亡意识转换为生命的个体悲剧意识；也是自我和超我层面的表现，表现为个人内心冲突引进了社会，并最终导致个人和社会的冲突，死亡意识在这儿表现为对群体的悲剧性存在的意识，死亡意识转换为生命的群体悲剧意识。生命悲剧意识“包含着生命自身和宇宙的整体概念，包含着差不多已经格式化的、意识化的整体哲学。这一意识，不但个体的个人可以拥有，全体人民也可以拥有”；“许多人都拥有生命的

① 转引自曾思艺：《丘特切夫诗歌研究》，北京：人民出版社，2012 年：第 66 页。

② 陶东风：《死亡·情爱·隐逸·思乡——中国文学四大主题》，杭州：杭州大学出版社，1993 年：第 7 页。

悲剧意识”。[1]克里斯蒂娜·罗塞蒂诗歌的死亡与生命悲剧意识主要表现为以下几个方面：

一、生死轮回与死亡复活

死亡与灵魂永生、死亡与复活是传统的精神文化理念，体现了人类最原始的质朴心理，也体现了人们对死亡与生命的思想感情的认知。否定死亡、超越死亡、获得新生成为一种价值趋向，表现为人类的一种本能。克里斯蒂娜·罗塞蒂的诗歌中，死亡多数情况下并不狰狞恐怖，而是富有一种毁灭的美的诗意，一种宁静的死的美感，是现世人生苦痛的解脱，是又一个美好生命的复活。如克里斯蒂娜·罗塞蒂的《生死之间》：

生不甜美。有天它终将甜美
我们双眼一闭，死去之后：
不再感到野花怒放，禽鸟飞掠
伴着飞来飞去的蝴蝶，
不再感到野草在我们头足上方漫长，
不再听到云雀在高空欢快地高翔，
不再叹息飞逝的春夏时光，
不再留意渐渐成熟的麦子，
不再知晓谁坐着我们坐惯了的位子。
生不美好。有天它终将美好
死去，又复活之后；
沉睡在生死之间：不再感到
树林里飘落的枯叶，
不再听到浪花的拍岸；

①〔西〕乌纳穆诺：《生命的悲剧意识》，段继承译，广州：花城出版社：2007年：第23页。

不再留意浓荫遮蔽的豆田，
不再看到一排排金黄的谷物，
唯见枯死的残茬将平原裹覆：
沉睡了，远离了险恶，远离了痛苦。①

克里斯蒂娜·罗塞蒂的诗歌主题大都与“生死轮回”“死亡与复活”有关。她的死亡意识主要源自精神和肉体两方面的苦痛（事实上，前派诗人梅瑞狄斯5岁丧母，但丁·罗塞蒂痛失妻子，皆有此苦痛经历）。精神上，由于宗教信仰不同导致她两次婚约解除，这给她精神带来巨大伤痛；肉体上，由于格雷夫斯氏病，她身体饱受病痛的折磨，经常幻想死亡，以求得现世的解脱和来世的复活。从她的诗歌中不难看出，她对死亡感悟深刻，敢于直面死亡甚至超越死亡。她的基调阴郁凄婉，却也清新自然。她所体现出的死亡意识具有独特性，死亡是新生命的起始，现世的肉体死亡反照来世的精神复活，世俗的死亡反衬灵魂的不灭。在短诗《生死之间》里，女诗人提出“生命只有在死后才变得美好”的悖论（oxymoron），生命在经历了死亡之后得以复活，获得新生，新的生命更加美好。这首短诗和她的《更好的复活》一样，在诗人眼中，生命如同“枯叶”“空壳”“僵物”“破碗”，诗人渴望复活，发出“哦，主啊，让我复活吧”的呐喊。死亡并不恐惧，死亡是苦痛的解毒剂，死亡是“沉睡在生死之间”，死亡是“沉睡了，远离了险恶，远离了痛苦”。死去之后，不再受尘世间俗事的羁绊。诗人运用了9个“不再……”排比句，强调死亡是世俗的解脱，是“更好的复活”。

死亡是无法摆脱的宿命。克里斯蒂娜·罗塞蒂没有构筑凄凉的氛围、绝望的情绪，没有描写扭曲的身体、痛苦的挣扎，也没

① 朱立华译自 Paul Negri: *Pre-Raphaelite Poetry*, New York: Dover Publications, Inc., 2003: 99。

有表达死亡的可憎、死亡的痛苦、死亡的恐惧，反而赞美死亡。她这种独特的死亡意识在《甜蜜的死亡》（“Sweet Death”）[①]中有所体现，诗人采用“花儿”和“小草”两个意象来赞美死亡：“最甜蜜的花儿已死亡”，“最鲜嫩的花儿已凋亡”，因此诗人“穿过郁郁葱葱的墓地，看见阵雨中坟头的花儿从嫩叶中脱落”，“我（她）天天奔教堂/去祈祷和颂扬”，发出了“凋落之前/花儿怎样向空中吐馨香……凋落后它们又把沃土来滋养”的感慨，提出了自己对生命与死亡的哲理感悟：“生亦甜美，死更风光，似乎生死未曾发生；这个世界上……唯有小草，生命价值更加久长。”与此同时，诗人作为虔诚的清教徒，颂扬了万能的、不死的上帝：“青春和美貌俱已死亡……哦，上帝，万能之神：圣徒和天使，快乐的伴侣，比美貌和青春更值得赞赏；而你，上帝，我们心安神逸的依仗，远比这一切更值得赞赏。”此外，克里斯蒂娜·罗塞蒂的《逗留》《死后》《我死之后》等皆与死亡、复活和灵魂永生等主题相关，如《逗留》：

他们用鲜花和花瓣熏香了我的卧房，
熏香了我安息的睡床；
但我的灵魂，为爱所困，四处游荡。
我听不到房檐下鸟儿的呢喃，
也不闻麦捆间刈割者的笑谈：
只有我的灵魂整天在守望，
我饥渴的灵魂将远方的人儿伫望：
我想，也许他还爱我、惦我，为我忧伤。
终于楼梯上传来了脚步声响，
过去那熟悉的手又搭在锁上：

① 朱立华译自 Paul Negri: *Pre-Raphaelite Poetry*, New York：Dover Publications, Inc., 2003: 87。

仿佛我灵魂初次嗅到的气息来自天堂；
仿佛缓慢的时间初次闪耀金光；
缓慢的时间首次变得金黄；
我感到我的发丝罩上荣光，
我的灵魂倍感舒畅。[①]

克里斯蒂娜·罗塞蒂的死亡意识与其他章节论及的“灵肉合致”存在一些关联。“灵肉合致”通常指一种唯美的、凄美的爱情叙事，妻子或丈夫已经死亡，或升天，或入地，化作灵魂，和现世的凡尘之中另一方形成精神之爱。显然从另一个角度看，这也是一种死亡意识。例如，《妻子告别丈夫》（“Wife to Husband”）中，妻子产生了强烈的死亡意识，反复强调“我必须去死”：

原谅我的错，
只因多年前的爱：
别了吧。
我必须漂洋过海，
我必须埋入雪中，
我必须去死。

你可以沐浴在阳光，
你美酒美食可以品尝：
别了吧。
我必须妆扮好自己离去，
尽管没有充分准备，
我必须去死。

---

① 以上两首短诗由朱立华译自 Christina Rossetti: *Selected Poems of Christina Rossetti*, Herefordshire: Wordsworth Editions Ltd., 1994: 12, 88.

在空旷的大海上远航，
僵卧冰冷的床上：
别了吧。
你抓着我手，泪水长流，
但我必须走，
我必须去死。

给这个朋友一个吻，
给那个朋友一句话，
别了吧。
你必须给一缕青丝，
你必须善良仁慈，
我必须去死。

不给你留一句话、
一缕青丝一个吻，
别了吧。
我俩必须别离，
死亡如此真切，
我必须去死。①

再如摘自《王子的历程》中的《新娘歌》（“Bride Song”），也是有关爱情与死亡的书写，既包括死亡意识的美学伦理，也包括“灵肉冲突”的诗学特征。

太晚，爱情已逝；太晚，欢娱难留，
太晚，太晚！

① 朱立华译自 https://www.poemhunter.com/poem/wife-to-husband/。

你在路上耽延太久，
你还在门口逗留。
受蛊的鸽子立于枝头，
孤独死去，没有配偶。
受蛊的公主在她的塔楼，
沉睡，安息于格栅窗后，
她内心充满渴求，
你害她苦等没盼头。

若是十年前，五年前，
哪怕是一年前，
甚至是你能按时赶到，
而不耽延，
你就能看到她的音容笑貌，
可惜你再也无法看到。
冰冻的泉水本可喷发，
花蕾本会生花发芽，
温暖的南风苏醒后将把
冰雪融化。

她倒下还那么妩媚？
曾经的她多么美丽，
金粉点缀金发，即使作女皇，
她配得上任何高贵的国王。
而现在卷发上罂粟花飘洒，
她一定佩戴了白色罂粟花。
轻纱遮覆面庞，
脸上镌刻渴望，
抑或最终所愿得偿

而擦除了哀伤？

从未见她嫣然欢笑，
从未见她蹙眉生恼，
她的床好像从来不觉柔软，
尽管铺满羽绒锦缎。
她无心打扮，
无意长袍短裙花环。
美丽的花冠下，
愁白了的娥眉，隐隐作痛，
漂亮的棕发中，
抽出了的银丝，徐徐飘动。

从未听她语气急躁，
从未听她语调烦扰，
言行自已，
举止得体，
滚滚红尘的喧嚣，
无法搅扰她内心的静谧。
手不曾慌，
脚不曾忙，
不曾欣喜若狂，
不曾遇事慌张。
昨日，她床上奄奄一息，
你就该为她哀伤悲泣。
今日，她已升天，
你为何徒然泣涕涟涟？
不，我们爱她就不该恸表哀婉，
该为她高贵的头顶戴上花冠。

让我们抛撒罂粟花，
你的玫瑰太妖艳，
让罂粟花剪下飘撒，
绝非为你留残念。[①]

当然，克里斯蒂娜·罗塞蒂的死亡意识和拉斐尔前派其他诗人的思想不完全相同，因为她的诗歌中并未显现出颓废主义痕迹。例如，拉斐尔前派诗人斯温伯恩创作了《婴儿之死》《死与生》和《生与死》等数十首死亡主题的诗歌，讴歌尸体、猫头鹰和游魂，主张在黑暗领域、在丑恶事物中去认识美的存在，并把丑恶当作美来欣赏与歌颂；善于将爱情与死亡并置，用鲜花映衬尸体，反对传统，否定道德与宗教，进行大胆赤裸的情色描写，过分渲染生活的苦痛与彷徨。而克里斯蒂娜·罗塞蒂诗歌中的死亡是超然的、明亮的，他们的共性在于二者都经常从与死亡有关的主题中去寻求创作灵感，以死亡为美，体现出主观唯心主义、非理性主义的诗学特征。

二、死亡意识与宗教、神话传说

克里斯蒂娜·罗塞蒂的死亡意识渗透在其作品有关中世纪宗教故事和古希腊、罗马神话传说的描写之中，有关克里斯蒂娜·罗塞蒂诗歌的宗教叙事和神话叙事，在其他章节有专门分析，本节只略做评述。

死亡意识不仅包括了对死亡的困惑、焦虑、恐惧、崇敬、冥想以及神秘化理解，而且包含着人们对人生终极意义的探寻、对死亡的形而上的超越和对生命价值的审美意义上的升华。死亡意识贯穿于特定民族的神话、原始禁忌及宗教起源中，折射出该民

① 朱立华译自 https://www.poemhunter.com/poem/bride-song/。

族的文化特质和心理定势。无论在创世神话、人类起源神话还是在自然神话、文化神话中，死亡意识清晰可辨，折射着各民族集体的精神认知，承载着各种与自然环境、文化生态系统相应的记忆和情感。[①]死亡意义的深度思考和生命价值的终极追问是人类发展史上永恒的精神传统，从久远的混沌时代至现代文明时代，人类一直孜孜以求地探索生命的起源与死亡的奥秘，然而文明进步和科技发展的局限性导致了很多死亡之谜难以找到答案。现世人生难以拯救，只能借助神灵拯救人生；于是人类先祖将目光投向神秘的宗教和美丽的神话传说，用幻想的方式寄寓永生，抵抗死亡，最终孕育、催生了宗教寓意与神话故事，它们表现为图腾文化、天体神、与人同形同性之神等。宗教与神话是远古时代先祖对世界的认识和想象，蕴含着对诸神的精神幻想，体现了远古时代人类所特有的万物有灵、天人相通、人神一体（人神未分）的原始思考，表现为混沌、界墙、神谱、神示、死亡之箭（时间）以及创世史诗、英雄史诗等形式[②]，认为死亡是生命形式的转换或转世，“死亡就像睡熟一样”并不令人恐惧。因此，死亡意识在宗教、神话中大都蕴含着对死亡的赞美意蕴和对死亡的崇拜，提升了死亡的审美意义和研究价值。

中西神话的死亡主题有共性，也有差异。中国神话主题主要包括死亡与创世、死亡与轮回、死亡与精神升华、死亡与背叛、死亡与永生，体现出达观的心态、淡泊的心性、超然的意识，以及死亡的价值，即“杀身成仁”“舍生取义”；西方神话的主题主要包括死亡与惩罚、死亡与宿命、死亡与抗争、死亡与荣耀、死亡与爱情，体现出生活的本真快乐和生命的价值。克里斯蒂娜·罗塞蒂经常采用宗教神话与死亡作为主题。一方面，诗人受到基督

---

① 张苇杭等：《中国神话、希腊神话中的死亡母题研究》，载《宁夏社会科学》，2011年，第4期。

② 胡吉省：《死亡意识与神话》，北京：中国社会科学出版社，2007年：目录页。

教天堂论（基督教认为人死后灵魂永存，而这永存的灵魂由于生前的善行而被上帝拯救之后即可升入天堂，从此永生不死，荣耀欢乐至极，体现了基督教的死亡美学观）的影响。[①]另一方面，如在“神话意象群”一节中所论述的，克里斯蒂娜·罗塞蒂具有尚古倾向和中世纪情结，经常从《圣经》和古希腊罗马神话传说中汲取创作素材，很多作品借用《圣经》中的故事或古希腊罗马神话原型意象，表达“生死轮回”“变体复活”“灵魂永恒”和“飞天成仙”等宗教情结（另有章节详述），主要包括《莎孚》（古希腊女诗人萨福）、《修道院的门槛》（*The Convent Threshold*）、《基督、圣徒和圣灵的对话》（“Conference Between Christ, The Saints, And The Soul”）、《传播知识的基督之爱》（“The Love Of Christ Which Passeth Knowledge”）、《基督徒和犹太人》（“Christian And Jew”）、《圣诞颂歌》（“A Christmas Carol”）和《夏娃》等。例如，《基督、圣徒和圣灵的对话》，通过基督、圣徒和圣灵的对话，表达他们对于死亡的哲思：

病态的欲望使我面色苍白，
因为我的心已经离开，
离开了这个世界的微弱火光，
这个世界正渐渐地走向衰亡。
在梦中我的心已穿越
这个恼人的病痛世界，
来到阳光倾泻的地方，
在永恒的山上。
圣徒说：“那里的天使让我们得到
慰藉、圣洁与荣耀。

① 王文斌：《无畏的歌赞：死亡崇拜之解剖》，沈阳：辽宁人民出版社，1993 年：第 36 页。

我们安息在耶稣那里，
没有白昼也没有黑夜。”

我的圣灵说：“我一直在寻找
一个家但未能得到，
我花了钱但什么也没能买到，
什么也没能得到，枉自辛劳。
努力提升和增加，我的骄傲，
然而事实上却大大减少。
我的爱寻找爱，瞧！
然而未能成功找到。”
“新来的圣灵催我们奋进，”圣徒说，
“而不是憔悴，不是退缩。
我们爱耶稣，
他也真的爱我们。”

我无法超越其上，
又不能在下面待，
我无法得到真爱，
也无法逃避死亡。
希望和欢乐不再，
虚名却在嘲弄我。
我最爱的人已死，
但我不能随他们去死。
圣徒说：“死亡不会让我们消亡，
而是让我们长眠的地方充满荣光，
耶稣让我们长在，
而他曾为我们而死。”

哦，我的圣灵拍打着翅膀
飞向
永恒的地方。
在天堂，
她萎靡不振，几乎昏厥倒地，
这对我还有什么意义？
圣徒说："来看看！"
耶稣说："来看看！"
圣徒说："在上帝和羔羊面前，
主快乐我们欢喜。"
耶稣说："来尝尝我们的甜点，
和我永远在一起。"①

这首诗取材于《圣经》。在这个逐渐走向衰亡的病痛世界里，"心"已死亡，然而，肉体虽死，精神不灭，在梦幻中穿越到阳光倾泻的地方，在永恒的山上。而到了圣山之后，人们就能得到慰藉、圣洁与荣耀。诗人借圣徒之口，表达自己在现实世界的无奈，灵魂既无法超越其上，又不能待在下面，无处安息，没有归宿。"我无法得到真爱，也无法逃避死亡"是诗人自己的真实写照，信仰使其失去真爱，病痛使其无法逃避死亡。希望和欢乐在哪里？在天堂，在那里灵魂得以安息，心灵才有归宿，因为那里耶稣和"我"同在。"死亡不会让我们消亡，而是让我们长眠的地方充满荣光"，表达了诗人的死亡意识：不惧死亡，灵魂不灭，只是随耶稣到了更加美好的天堂。

克里斯蒂娜·罗塞蒂诗歌中的死亡意识与古希腊罗马故事具有一定的渊源关系。如短诗《莎孚》（"Sappho"）：

① 朱立华译自 https://www.poemhunter.com/poem/conference-between-christ-the-saints-and-the-soul/。

黎明时分，我叹息，
无聊的一天匆匆逝去，
夜幕降临，我叹息，
夜晚带着人们睡去。
啊，死亡远胜于
不停地哀悼与叹息，
在死亡的长眠中没有梦，
也不知谁会为我哭泣。
摆脱了沉重的躯体，
忘却了所有的忘记，
摆脱了烦恼、苦痛和忧伤。
漫漫长夜没有希望，
生前无人爱，死后无人知，
无人悲，无人管，无人识。①

《莎孚》这首诗的诗名就是借用古希腊女诗人莎孚的名字，取材于古希腊罗马神话故事。对于现世的生存困境，诗人发出无奈的叹息，黎明时分也叹息，夜幕降临也叹息，人生短暂，岁月匆匆。诗人不惧死亡，而认为死亡远胜于不停地哀悼与叹息，死亡可以摆脱沉重的躯体，忘却了所有的忘记，摆脱了烦恼、苦痛和忧伤，默默地离开这个世界。通过其死亡叙事，体现出作者不惧离世的死亡意识与生命悲剧意识。

综上所述，通过解读克里斯蒂娜·罗塞蒂诗歌的死亡意识与宗教、神话传说的内在关联，我们发现，宗教故事和古希腊罗马神话传说为诗人提供了创作动力和创造素材。诗人深受“中世纪精神”和古希腊罗马文化的影响，推崇文艺复兴早期及中世纪的

① 朱立华译自 https://www.poemhunter.com/poem/sappho/。

艺术精神，其诗歌与中世纪欧洲文学渊源颇深。该研究对于解读克里斯蒂娜·罗塞蒂诗歌中的文化多样性、女诗人对生命意义的追寻及其对死亡奥秘的探索，具有一定的现实意义和理论意义。

第六章　宗教情结与原型叙事

文学起源于神话，正是这一原理才赋予文学以千百年来虽经意识形态一切变化，仍具有其传播的力量。

——〔加〕诺思洛普·弗莱

一个民族的神话集是这个民族的活的宗教。

——〔瑞〕卡尔·荣格

随着工业化、城市化等现代化的进程，传统文化受到了冲击，现代人类逐渐产生了“现代性的焦虑”，信仰产生危机，灵魂无家可归，基督教一度濒临崩溃的边缘。在这样的现代性文化语境之中，一些作家开始关注人的生存危机和精神异化，其作品体现了人性的裂变与扭曲，希冀通过其作品的原型叙事分析，寻求安置人类灵魂的精神家园，体现其诗歌的宗教情结。在克里斯蒂娜·罗塞蒂所创作的近千首诗歌之中，大约有一百多首以《圣经》人物和古希腊罗马神话故事中的人物（诸如圣母、基督耶稣、圣灵以及大天使、小天使和六翼天使等）作为其创作原型，通过神话原型叙事模式进行精神书写，体现出其宗教情结及信仰皈依。具体诗歌包括《歌》《夏娃》《基督徒和犹太人》《基督、圣徒和圣灵的对话》《两次》《无名的莫娜》及长诗《修道院的门槛》等，皆孕育着浓郁的神秘主义和宗教色彩，体现了克里斯蒂娜·罗塞蒂对现世的“焦虑”，而寄希望于来世或天国；体现了诗人在现世中无法实现梦想，而或避世、或复古、或转身皈依宗教的无奈；体现了其梦幻破灭的悲剧，而通过宗教来为人类的灵魂寻求精神家园。

第一节 原型叙事与人物原型[①]

原型（archetype），一词由希腊文原初（arche）和形式（typo）构成，即初始形态。原型叙事是基于原型批评和神话原型批评理论的叙事模式。原型批评与神话原型批评密切相关，是 20 世纪 50 年代流行于西方的一个十分重要的批评学派，最早由加拿大文学批评家诺思洛普·弗莱（Northrop Frye）提出，并在《批评的剖析》一书中阐释了其神话原型批评思想。

弗莱提出，在西方文化语境之中，神话是文学的原型，主要包括《圣经》故事与古希腊罗马神话故事。而克里斯蒂娜·罗塞蒂也正是通过《圣经》故事与古希腊罗马神话故事的原型叙事模式（古希腊罗马神话故事在别的章节论述），体现其宗教情结。弗莱认为原型是指初始形式，而形式文学的初始形式是神话，文学起源于神话，神话孕育了文学的题材和主题，神话就是“某种类型的故事，讲述主角是神或比人类力量更为强大的存在物的故事”，“文学起源于神话，正是由于这一原理，文学才得以经千百年来意识形态一切变化，仍具有其传播的力量。这种结构原理当然受社会和历史因素制约，并且不会超越它们，但是结构原理始终保持一种足以说明文学总体本质的形式持续性，这一形式持续性有别于它为适应社会环境而产生的变化”。

瑞士心理学家卡尔·荣格（Carl Jung）认为，“自从远古时代就存在的普遍意象，原型作为一种‘种族的记忆’被保留下来，使每一个人作为个体的人先天就获得一系列意象和模式”，原型是人类长期心理积淀中未被直接感知到的集体无意识的显现，因而

① 本章主要研究克里斯蒂娜·罗塞蒂诗歌的人物原型，而有关其主题原型与意象原型，在“灵肉合致”与“诗学意象”等章节进行研究。

是作为潜在的无意识进入创作过程的，但它们又必须得到外化，最初呈现为一种“原始意象”；原型尽管归属于集体无意识，但是却能够体现为一种印象式意象。在每一种集体无意识中存在着大量的原型。同一原型可能细部或名称有些变化，但它的核心意义是基本相同的，符合人类的某种普通心理要求。荣格通过对神话的广泛研究和临床的治疗经验，揭示了原型和神话以及神话与艺术之间的关系，这样，原型理论被运用于文学研究。荣格的“原型”或者“原始意象”概念揭示了原型的领悟模式，即无论什么时候，只要遇见普遍一致和反复发生的领悟模式，我们就是在与原型打交道，而不管它是否具有容易辨认的神话性质和特征。荣格将原型视为一种原始意象，使原型批评与意象学产生关联。因此，“诗学意象与意象叙事”一章中的宗教与神话意象叙事和本章的原型叙事一脉相承，为研究克里斯蒂娜·罗塞蒂诗歌提供了两个视角：意象叙事与原型叙事。二者既有区别，也存在一定关联。

事实上，《圣经》故事一直是英美文学作品的创作原型，再加上古希腊罗马神话故事和亚瑟王传奇故事，被国内学者（如常耀信）认为是英语文化语境的“三源泉”[①]，对英国文学产生了深远的影响。《圣经》故事本身就是宗教故事，属于西方文化的基督教思想体系，其原型只是一部哲学思想深邃的古代希伯来人的史书。希伯来人一词是 Hebrew，本意是“跋涉者”，指希伯来人跋山涉水，最后定居在今以色列、巴勒斯坦地区的艰辛故事。《旧约》体现了其宗教信仰和历史，《新约》记载了耶稣及其基督教产生和发展的历史，构成了基督教的文学原型和原型意象。英国小说家、戏剧家、散文家和诗人通常将《圣经》故事、古希腊罗马神话故事视为文学原型和原型意象，或引经据典、或改写故事；英国文学作品中时常显现出《圣经》故事、古希腊罗马神话故事

① 朱立华：《浅析英美文学教学导入文化语境“三源泉”》，载《榆林高等专科学校学报》，2002 年，第 3 期。

和亚瑟王传奇故事的痕迹。例如，约翰·弥尔顿以《圣经》中的撒旦和“力士参孙”作为原型，创作了长诗《失乐园》和《力士参孙》。拉斐尔前派诗人乔治·梅瑞狄斯（George Meredith）创作的《战火中的阿伽门农》（“Agamemnon In The Fight”）中的原型阿伽门农，源自古希腊神话，为特洛伊战争中希腊联合远征军的统帅：

他冲出去了，从激战正酣的战火中，
和盔甲耀眼的亚该亚人并肩往前冲，
本能驱使着杀气腾腾的步兵疾步飞奔，
战马连同马背上的敌兵（脚下扬起浓云飞尘，
平原上雷动的马蹄腾起尘雾滚滚），
被锋利的兵刃砍倒，此刻主将阿伽门农
一路追杀，指挥着他的随从。

现在，贪婪的火焰吞噬着未开垦的森林，
一阵大风来临，
狂怒的大火借着风威撕裂了胶树枝杈，
亚崔迪人阿伽门农脚下，
特洛伊人四散倒下，脖子直挺的战马，
拉着空车在战场间的道路上吱吱嘎嘎，
无辜的车夫被抛下，四仰八叉倒在地上，
秃鹫见到这些美味比自己的同伴更眼亮。①

再如克里斯蒂娜·罗塞蒂以《圣经》中人类始祖“夏娃”为原型创作的《夏娃》：

① 朱立华译自 https://www.poemhunter.com/poem/agamemnon-in-the-fight/。

我独坐门前，
呆呆地凝望，
苦痛的泪水盈满眼眶，
只因忧伤与罪孽，
我的罪孽犹如大树般，
使大地变得昏暗，
结出的果实却是死亡。

要是没有亚当的辛勤，
哪来伊甸园的绿树成荫？
要是没有我的悉心照看，
哪来伊甸园的花儿绽放，
吐出甜蜜的芳香？
我们的“生命树”，
结出十二样累累硕果，
花开得最好，
根植得最深，
却是我选择的死亡之树。

“如果你当时不同意，
亚当哥哥，
我，只有我，就会日益憔悴，
别人不会。
上帝会让你留下来，
平安地在伊甸园里待，
而让我离开，
还得不到宽恕。
我，夏娃，必须活下去的人的
一位悲伤的母亲，

我，而非别人，
摘下最苦的果，
送给我的朋友、丈夫、爱人。
哦，惊骇的目光扫来扫去，
除了我，谁会去悲伤？
该隐杀死了弟弟，
该死的是作为母亲的我，
悲惨的夏娃！”

于是我们的母亲夏娃，
坐在地上悲泣，
躺在跟前的小儿子永远安息，
是死于兄长之手的弟弟。
每一只哀伤的动物，
无论伟大或渺小，
都听到了她的哭泣，
把自己的欢乐忘记，
而为他摆起了筵席。

老鼠停下脚步，
扔掉他的麦秆；
老牛严肃地摇了摇头，
反刍；
苍鹰在云层，
悲鸣；
云雀依着百里香花床，
不飞也不唱；
蜜蜂收起翅膀；
乌鸦栖息在高处，

忘记了它的食物；
岩石中的岩狸，
虽是弱小种族，
也因悲怜而颤抖。
知更鸟停止了嘲笑；
高大的骆驼跪倒在地，
似乎是自我贬低；
善良的雄赤鹿掉泪；
忧伤的灌鸟如诉如泣；
鸽子发出垂死的哀鸣，
忧伤的咕咕声，
是悲伤对悲伤的回应。
只有尘埃中的蛇，
蠕动爬行，
邪恶的嘴角一咧，
吐出带叉的红信子。

第二节　克里斯蒂娜·罗塞蒂的信仰皈依与宗教情结

宗教与神话相生相伴，神话是宗教的原始意象或原型，宗教是神话的创作源泉。神话和宗教，都是社会生活在人们头脑中的虚幻的反映，都是通过想象、幻想，以虚幻的形式反映人的本质和现实。事实上，宗教神话研究是宗教人类学的一个研究范畴，在近几十年该研究取得了一些成果，逐渐为人们所关注；研究主要从以下六个视角下进行：宗教神话的理论性研究，民族、地域视角下的宗教神话研究，历史学视角下的宗教神话研究，教派视角下的宗教神话研究，以及戏剧、文学作品视角下的宗教神话研究，文字、翻译视角下的宗教神话研究。[1]本章节主要从戏剧、文学作品以及文字、翻译视角，对克里斯蒂娜·罗塞蒂的宗教情结和信仰皈依进行分析。

一、克里斯蒂娜·罗塞蒂的信仰皈依

宗教在19世纪英国维多利亚时代，是英国社会伦理道德、思想政治等诸多方面的社会基础，影响了社会的各个阶层。在浓厚的宗教氛围中长大的克里斯蒂娜·罗塞蒂，自小受到宗教思想的影响，又深受牛津运动的影响，其所创作的诗歌之中既包括著名的宗教长诗，如《小妖集市》《王子的历程》《魂灵的恳求》和《修道院的门槛》等，也包括诸如《夏娃》《两次》等宗教短诗，具有浓厚的神秘主义色彩和宗教色彩，体现出其宗教情怀。

克里斯蒂娜·罗塞蒂的母亲对她的宗教信仰产生了很大的影响。如前所述，她的母亲弗朗西斯是一个极其虔诚的英国天主教徒，笃信英国天主教，是一个富有理想的知识女性，是一个追求完美道德的理想主义者，她的理想化道德观、虔诚的基督教思想，对克里斯蒂娜·罗塞蒂兄长和姐姐产生了深刻的影响，使他们在面对世俗生活时会产生强烈的道德焦虑。克里斯蒂娜·罗塞蒂的姐姐玛利亚原本在但丁研究方面很出色，但最后却献身宗教进了修道院。虽然克里斯蒂娜·罗塞蒂本人并未像姐姐一样进修道院，但是她非常敬佩和羡慕姐姐的勇气和决心，对基督教产生了强烈的感情。最后，在母亲和姐姐的影响下，她皈依了天主教，变成了一名虔诚的天主教教徒，宗教思想渗透到其内心深处，其信仰皈依对其社会生活和诗歌创作产生了很大的影响，在其诗歌《两次》《圣诞颂歌》等里面都有所体现。正如在“皈依上帝的虔诚女

---

① 成瑶瑶：《近二十年国内宗教神话研究综述》，载《文化学刊》，2015年，第10期。

性形象”一节中论及的，在其宗教叙事诗《两次》中，“我”两次将自己的心捧在手里，想要奉献给上帝。第一次，无论是让我倒地或站立，还是让我活着或死去，无论遭遇多少艰难，都要把心奉献出去。而第一次心还没成熟，却已破碎，但一心向主，从不退缩。第二次将心捧在手里，恳求上帝的评判，来“里里外外细察看：淬炼它的成色，涤除它的浮渣，将它置于你的掌控之下，以免别人摘走它”。将自己的心捧在手里，将自己的全部奉献给上帝，作者在诗中表达了对皈依上帝的虔诚基督教徒的赞叹。

在《圣诞颂歌》中，克里斯蒂娜·罗塞蒂塑造了万能上帝耶稣基督、小天使、大天使、天使长以及圣母等原型意象，采用原型叙事模式，在诗中将自己的心奉献给上帝，体现了其信仰皈依。诗里描写了耶稣基督的艰辛：酷寒的隆冬，寒风呜咽，大地河水冰冻，坚硬如铁如石，千山积雪，万里层叠，难以觅得一个栖身之处。还描写了对耶稣基督的仰慕：小天使日夜仰慕他，众天使拜倒在他的面前，牛啊、驴啊、骆驼啊，都崇拜他；他的圣母，带着圣洁的祝福，用亲吻，崇拜挚爱的他；而我这个穷人，拿什么奉献给上帝？我唯有奉献我的心：

在酷寒的隆冬，
寒风呜咽，
大地坚硬如铁，
河水坚硬如石，
雪飞扬，千山积雪，
万里层叠，
在酷寒的隆冬，
在很久以前。

我们的上帝，天界不能容忍他，

地界不能忍受他，
当他登基，
天地都要回避。
在酷寒的隆冬，
只需一处稳定的栖息之地，
万能上帝，
耶稣基督。

耶稣该知足，
小天使日夜仰慕他，
满满一乳房的乳汁，
满满一马槽的干草。
他该知足，众天使
拜倒在的他面前，
牛啊、驴啊、骆驼啊
都崇拜他。

天使与天使长，
聚集在他身旁，
小天使与大天使，
拥挤在天空中，
而只有他的圣母，
带着圣洁的祝福，
用亲吻，
崇拜挚爱的他。

我拿什么奉献给上帝，
像我这样的穷人？
如果我是个牧羊人，

我会带一只羊羔，
如果我是个聪明人，
我会承担我的责任，
我拿什么奉献给上帝？
奉献我的心。[①]

二、克里斯蒂娜·罗塞蒂的宗教情结

宗教既是一种文化现象，又是一种历史现象。宗教是人的一种意识以及由这种意识支配的行为体系，这些人或者组织成为一个共同体（如教会），或者是分散的、半组织状态的。在人类历史的大部分时间里，并没有宗教这种现象。人类的历史至少已经有上百万年，而宗教的历史最多只有数万年。宗教既不是自古就有的，也不是永恒存在的，它不可能始终陪伴人类。当支配人的异己的自然力量和社会力量不复存在，当人不再受自然力量和社会力量压迫时，宗教就会逐渐地消亡[②]。因此，在考察了克里斯蒂娜·罗塞蒂的信仰皈依及其宗教情结形成的历史和文化语境基础之后，有必要分析其宗教情结。克里斯蒂娜·罗塞蒂的宗教情结与死亡密切相关，这在“悲剧意识与死亡叙事”一章中已有论述，本节的重点是其原型意象叙事中体现的宗教情结。

如前所述，克里斯蒂娜·罗塞蒂由于受其母亲的影响，皈依基督教，成为一名虔诚的基督教徒。而正是由于宗教信仰的不同，导致其两次失去真正的爱情，同时由于自身疾病的折磨，身体和精神的双重痛苦，导致其对现世人生产生怀疑，转而投向基督教，期盼在来世寻求自己的精神家园和灵魂的归宿。因此她的诗歌之中，经常以《圣经》故事，诸如天国、天堂、上帝、撒旦、

① 朱立华译自 https://www.poemhunter.com/poem/a-christmas-carol-6/。
② 王来法主编：《马克思主义宗教观概论》，杭州：浙江大学出版社，2016 年版。

基督、约翰、圣母、玛利亚、神女、修女、禁果、灵魂、修道院、布道等作为原型意象，书写上帝崇拜、先祖原罪（亚当和夏娃原型）、天使祈祷、灵肉合一和基督之爱等，希冀通过其作品的原型叙事分析，寻求能够安置人类灵魂的精神家园，彰显其诗歌的宗教情结。其诗歌文学原型或原型意象主要表现在以下四个方面：

第一，庇佑万物的上帝原型。除了前面论及的《两次》《圣诞颂歌》之外，克里斯蒂娜·罗塞蒂的《天堂映像》《想一想》（“Consider”）、《是鸟或是兽？》（“Bird or Beast？”）以及《无名的莫娜》之第六首和第八首等诗歌，都是以上帝为原型进行叙事。例如她的短诗《想一想》：

想一想
田野里那生命短暂的百合花：
——我们就像它。
慢慢地凋谢，
如一片树叶。
想一想
天空中那微不足道的小麻雀：
上帝正注视着他们
在空中飞掠，
——上帝也守护着我们。
想一想
百合花不耕不织，
可它却如此纯洁。
——究竟有什么价值，
如此备受青睐、如此盘根错节？
想一想
鸟儿既无粮仓也无收获，

上帝却赐予它们食物。
——而我们的天父
赐予我们更多。①

这首富有哲理的寓言短诗，主要叙述了上帝的守护与上帝的赐予。诗人请我们“想一想”，想想我们的生命像花和叶子，如此短暂，如此易逝；而上帝正注视着我们，守护着尘世间的万物，包括微不足道的小麻雀；再想想，纵然百合不耕不织，上帝却对它青睐有加，飞鸟不稼不穑，上帝也赐予它们食物；无疑上帝赐予我们人类更多。通过原型（上帝）叙事模式，诗人表达了对上帝呵护、赐予世界万物的感恩，体现出其宗教情结。

虽然宗教为克里斯蒂娜·罗塞蒂打开了一扇全新的大门，虔诚的宗教信念使其对生活目标更加清晰，但也给她带来一定的精神负担。世俗的婚姻与幸福，用天堂的标准来衡量，是微不足道的。对上帝的爱是圣洁的、永恒的，它就像一只坚定的手，或是一团灿烂的光焰，牵引人步入天堂。因此，为了自己的宗教信仰，诗人宁可两次放弃自己的婚姻，而转向对上帝之爱的追求中。在《无名的莫娜》第六首中，诗人将上帝作为第三者“他”，与对白中的“你”进行比较：“我最爱上帝，就像你爱我一样。如必须失去一个，我宁愿失去你而非他”，即使“主神面前最柔弱的我，就像基督的牧杖下最卑微的羊，我也会斟酌思量，我最爱上帝，远胜于爱你”，表达了诗人对上帝充满挚爱的宗教情结：

相信我，我想你不会嗔怪我，
我最爱上帝，就像你爱我一样。
如必须失去一个，我宁愿失去你而非他，

① 朱立华译自 *Goblin Market and Other Poems*, New York: Dover Publications, Inc., 1994, 61。

即便多疑的罗得之妻也不会怀疑，
也不准备像我一样放弃。
虽然主神面前最柔弱的我
就像基督的牧杖下最卑微的羊，
我也会斟酌思量，
我最爱上帝，
远胜于爱你。
我更爱**他**，但我也爱你，
是啊，我认为爱就是这样：
如果我不爱**他**，我就不能爱你，
如果我不爱你，我就不能爱**他**。（第六首）

在《无名的莫娜》第八首中，克里斯蒂娜·罗塞蒂以犹太少女以斯帖（Esther）的语气，表达了向上帝的祈祷和祷告："如果我能主宰自己的生命，我将为我的爱人向上帝祈祷，以赐予爱的名义向上帝祷告。"

"如果我死了，我就死了"，以斯帖[①]说道。
是生或死的新娘，她都要把自己打扮漂亮，
香喷喷的秀发闪闪发光，
微笑点燃了渴望但又熄灭了。
她摆出一副可爱的模样，
带上她的丈夫而他眼神迷惘。
她以美貌为罗网，
像无害的鸽和狡猾的蛇一样。
她用柔发捕获了他，

① 以斯帖是《圣经》中一名美丽的犹太少女，后为波斯王后，其功绩在于使其国民幸免于大屠杀。

她用才智征服了他，
为她的子民建造房屋屹立不倒。
如果我能主宰自己的生命，
我将为我的爱人向上帝祈祷，
以赐予爱的名义向上帝祷告。（第八首）

第二，人类先祖亚当、夏娃与禁果原型。作为一名皈依上帝的虔诚基督教徒，克里斯蒂娜·罗塞蒂的宗教情结还表现在其多次以亚当、夏娃与禁果作为原型进行原型叙事，体现出其诗歌的神秘主义宗教色彩。主要包括《是鸟或是兽？》《夏娃》《伊甸园》（“Paradise”）和《夏娃的女儿》（“A Daughter of Eve”）等宗教寓言诗歌。

在《夏娃》中，克里斯蒂娜·罗塞蒂通过改写《圣经》中“伊甸园”的故事，借助宗教原型意象夏娃的独白和后半部分的旁白，描述在人类精神家园“伊甸园”中夏娃选择死亡之树的悔恨，对人类所犯“原罪”的忏悔，看见被该隐杀死的小儿子遗体的苦痛。

首先，诗人描写夏娃“我独坐门前，呆呆地凝望，苦痛的泪水盈满眼眶”，她满是忧伤，因为“我的罪孽犹如大树般，使大地变得昏暗，结出的果实却是死亡”。其次，诗人描述了在亚当的辛勤劳作以及夏娃的精心照看下伊甸园的繁荣景象，而夏娃却错误地选择了死亡之树并充满悔恨，“要是没有亚当的辛勤，哪来伊甸园的绿树成荫？要是没有我的悉心照看，哪来伊甸园的花儿绽放，吐出甜蜜的芳香？我们的‘生命树’，结出十二样累累硕果，花开得最好，根植得最深，却是我选择的死亡之树”。最后描写了夏娃的忏悔：“如果你当时不同意，亚当哥哥，我就会日益憔悴，只有我，别人不会。上帝会让你留下来，平安地在伊甸园里待，而让我离开，还得不到宽恕。我，夏娃，必须活下去的人的一位悲伤的母亲，我，而非别人，摘下最苦的果，送给我的朋友、丈夫、爱人。哦，惊骇的目光扫来扫去，除了我，谁会去悲伤？该隐杀死了弟弟，该死的是作为母亲的我，悲惨的夏娃！”

这首诗的后半部分采取第三人称外聚焦叙事方式，描述我们人类的母亲夏娃的哭泣和欢乐的逝去，“于是我们的母亲夏娃，坐在地上悲泣，躺在跟前的小儿子永远安息，是死于兄长之手的弟弟。每一只哀伤的动物，无论伟大或渺小，都听到了她的哭泣，把自己的欢乐忘记，而为他摆起了筵席”。在诗歌的最后部分，诗人铺设了一系列“动物意象群”，讲述夏娃的悲情感动了世界万物，使老鼠停步、老牛摇头、苍鹰悲鸣、云雀消停、乌鸦忘食、岩狸颤抖、知更禁声、骆驼跪地、赤鹿掉泪、灌鸟悲泣、鸽子哀鸣，而只有撒旦变成的蛇，恶性不改，“邪恶的嘴角一咧，吐出带叉的红信子”。克里斯蒂娜·罗塞蒂通过童话式的寓言故事和意象群叙事，体现了自己内心深处的宗教情结。

短诗《是鸟或是兽？》中既包括亚当、夏娃原型，也提及上帝原型。诗人想象着亚当、夏娃被逐出伊甸园之后，追随他们的孔雀、老鹰或是鸽子，是否推开篱笆，冲出伊甸园，闯入这个“荆棘丛生的世界”；树杈上论道的鸽子、稻田里说教的山羊，或许是上帝派来的牧师，显示出浓厚的神秘主义和宗教色彩：

有鸟飞来吗？
追随亚当和夏娃，
他们的门已被关上，
只能坐下徒自哀伤。
我想的不是夏娃的孔雀，
美丽动人，
不是亚当的老鹰，
而或许是一只鸽子，
是否有野兽

推开带刺的篱笆，
走出伊甸园，
闯入荆棘丛生的世界？
我看不像一只狮子，
尽管它力大如狮，
倒像是一只无辜的小羊，
做了这样的事情。
如果鸽子在树杈上论道，
山羊在稻田里说教，
那么山羊和鸽子，
就是上帝派来的牧师。[①]

第三，普救众生的耶稣基督原型。根据《圣经》故事，圣母玛利亚在从拿撒勒去伯利恒的路上，在一个马棚里生下了一个男孩耶稣。在天使的指引下，一群牧羊人找到了天使所说的人——玛利亚、约瑟和躺在马槽里的婴儿。与此同时，东方三博士也赶到了伯利恒圣子出生的地方，找到了睡在马槽里的圣子，俯伏跪拜，并打开宝盒，将黄金、乳香和没药作为礼物献给圣子耶稣，后人将12月25日那天定为圣诞节来纪念耶稣的诞生。克里斯蒂娜·罗塞蒂以耶稣基督为原型意象，进行诗歌创作，体现自己的宗教情结，主要包括《基督徒和犹太人》《传播知识的基督之爱》（“The Love of Christ Which Passeth Knowledge”）以及《基督、圣徒和圣灵的讨论》（“Conference between Christ, The Saints, and The Soul”）等宗教诗歌。

在《传播知识的基督之爱》中，诗人以基督自己的口吻，用第一人称进行叙事，讲述了耶稣受难，长期忍受着凡间的严酷、

① 朱立华译自 https://www.poemhunter.com/poem/bird-or-beast/。

冷漠、怠慢，而心痛、流泪，而心烦意乱；然后不惜献出自己的肉体和灵魂，也要把爱给世人，换取世人的爱，以此来表达其上帝之爱。耶稣被绑在十字架上，手上钉了铁钉，眉间刺上名字，最后心脏被击碎而死亡，但对上帝的爱丝毫未减，对宗教的虔诚丝毫未减：

我日日夜夜忍受着你，心烦意乱，
多少次心痛，多少滴眼泪；
我忍受着你的严酷、冷漠、怠慢，
不管是三年，还是三十年。

有谁敢做，我敢为你做的事情？
我把天赐的福在心底深埋，
我不惜我的肉体，不惜我的灵魂，
把我的爱给你换取你的爱。

为了你我在日晒中干渴，
为了你我在夜霜中颤抖，
你在我口中比蜜更甜，
为什么你还退缩了要溜？

我把你扛在我肩上，心甘情愿，
不法之徒在我肩上绑上十字架，
他们或高声尖叫，
或摇晃脑袋，满脸讥笑。
你用钉子钉在我手上，
你的名字纹刺在我的双眼间作为额饰，
我是圣者，承担所有的羞耻与罪责，
我是上帝、牧师、祭司。

一个蟊贼在我左右两边光顾后，
我一人在痛苦中干渴了六个小时，
终于死亡，我的心脏被击碎，
裂缝中有你的藏身之处。

我被钉在十字架上，这安乐窝非常珍贵，
在这儿我可以舒展筋骨，安然入睡。
于是我赢得了一个王国，分享王冠吧，
获得了好收成，来收割吧！①

在《基督、圣徒和灵魂的讨论》中，克里斯蒂娜·罗塞蒂以基督、圣徒和灵魂为叙事原型，表达了摆脱尘世间的苦痛而升入天堂的期盼，希冀在天堂寻求精神上的慰藉、圣洁与荣耀，灵魂的安息与快乐。“病态的欲望使我面色苍白”，因为“我”的心已经离开了尘世间，“离开了这个世界的微弱火光，这个世界正渐渐地走向衰亡”，它已经在梦中穿越，“来到阳光倾泻的地方，在永恒的山上”。“我”的灵魂与圣徒展开了讨论，圣徒认为在天堂里，“天使让我们得到慰藉、圣洁与荣耀。我们安息在耶稣那里，没有白昼也没有黑夜”，在那里，“我们爱耶稣，他（耶稣）也真的爱我们”。“我”的灵魂认为，虽然历尽了艰险，但“我”的爱枉自辛劳，无法找到灵魂安息之处，即使用金钱也无法买到。“我”想到无法逃避的死亡，而圣徒却认为“死亡不会让我们消亡，而是让我们长眠的地方充满荣光，耶稣让我们常在，而他曾为我们而死”。在圣徒的引领下，“我”的灵魂飞向天堂，和主耶稣快乐地在一起。诗中孕育着浓郁的神秘主义和宗教色彩，既体现了克里斯蒂娜·罗塞蒂对现世的不满而寄希望于来世或天国，又体现了诗人在现实中无法实现梦想，或避世、或复古、或转身投向宗教

① 朱立华译自 https://www.poemhunter.com/poem/christian-and-jew/。

的无奈，以及梦幻破灭的悲剧（参见威廉·冈特所著的《拉斐尔前派的梦》，原名为《拉斐尔前派的悲剧》），诗中既体现了“灵魂升天”的宗教观，又体现了“灵肉合致”的诗学观，表达了诗人虔诚的宗教信念，在天堂寻求安置人类灵魂的精神家园的期盼，以及诗人的信仰皈依和宗教情结：

病态的欲望使我面色苍白，
因为我的心已经离开，
离开了这个世界的微弱火光，
这个世界正渐渐地走向衰亡。
在梦中我的心已穿越
这个恼人的病痛世界，
来到阳光倾泻的地方，
在永恒的山上。
圣徒说：“那里的天使让我们得到
慰藉、圣洁与荣耀。
我们安息在耶稣那里，
没有白昼也没有黑夜。”

我的灵魂说：“我一直在寻找
一个家但未能得到，
我花了钱但什么也没能买到，
什么也没能得到，枉自辛劳。
努力提升和增加，我的骄傲，
然而事实上却大大减少。
我的爱寻找爱，瞧！
然而未能成功找到。”
“新来的灵魂催我们奋进，”圣徒说，

“而不是憔悴，不是退缩。
我们爱耶稣，
他也真的爱我们。”

“我无法超越其上，
又不能在下面待，
我无法得到真爱，
也无法逃避死亡。
希望和欢乐不再，
虚名却在嘲弄我。
我最爱的人已死，
但我不能随他们去死。”
圣徒说：“死亡不会让我们消亡，
而是让我们长眠的地方充满荣光，
耶稣让我们常在，
而他曾为我们而死。”

哦，我的灵魂拍打着翅膀
飞向
永恒的地方。
在天堂，
她萎靡不振，几乎昏厥倒地，
这对我还有什么意义？
圣徒说：“来看看！”
耶稣说：“来看看！”
圣徒说：“在上帝和羔羊面前，
主快乐我们欢喜。”
耶稣说：“来尝尝我们的甜点，

和我永远在一起。”①

此外，在诗歌《基督徒和犹太人》中，克里斯蒂娜·罗塞蒂以基督徒为原型进行叙事，通过基督徒与犹太人的对话，讲述了各自对于世界的认知，基督徒眼中的世界是天使们快乐幸福的美好景象，而犹太人眼睛一片昏暗，什么也看不见。诗人对犹太人存有偏见，希望上帝消除犹太人的罪恶，让他们得以重生：

一则对话

——“啊，幸福快乐的大地！
天使们像灯芯草站立
在光亮的天际。”
——“唉，我没眼睛看这美丽的景象，
抓紧我的手。”

——“天使们好像沐浴着和风一样，
非常神圣地弯着腰，
互相鞠躬，充满荣耀，
又像交相辉映的星光。”
——“我看不到那么远啊，
我眼前一片阴影。”

——“白翅膀的小天使，
更加亮白的天使长，
白光交织着浓烈的爱情火光。”
——“我的眼睛一片昏暗，

① 朱立华译自 https://www.poemhunter.com/poem/conference between Christ, the saints and the soul/。

仰望天空想看看也是徒然，
又错过他们唱赞美诗的景象。”

——“小天使和大天使
不停地欢呼。
（我听到他们在歌唱）
有人颂赞他们的国王：
‘圣主’‘圣主’‘圣主’”。
——“可我听不见啊，我……”

——“天堂一旁，
用帷幔三面遮挡，
这使得疲倦的眼睛感到舒畅。
帷幔柔软胜过鸽妈妈的胸膛，
鸽妈妈穿着色彩缤纷的衣裳。

那儿都是些贵人，
蒙恩所选，安全可靠，
脸上永远不见泪痕。
他们不知疲倦地祈祷，
在等待，在颂扬，
在不大的空间里隐藏。

‘常青藤’的大树枝丫，
在夏日的阳光中生发，
绿叶成荫。
‘皇家藤’的汁液
如美酒在小枝和大杈间摇曳。

所有的神灵都在歌唱，

把我主耶和华颂扬，
因我主没有憎恶
我们卑微的身份，也没藐视供物。
向我们的国王欢呼。”

——“可锡安[①]说，
我主忘却了我。
看哪，她已在凡尘间铺床，
被抛弃的她在哭泣，
异族的河流在那儿使大海膨胀。

她躺倒在地，
身体纤细，
在神奇的土地上，
她的竖琴也拉不响。
她坐在那儿，去掉了花冠，
喝醉了酒，满是忧伤。”

——“不是因酒而罪，
而是罪恶与伤悲，
不要惧怕，起来吧，不要沉默。
起来吧，阳光明朗，
就要来了，你的光。”

——“这些骨架能活过来？”
——“上帝知道。
先知看到这些骨架被肌肉和皮囊覆盖。
一阵阴风吹过，生命进来。

---

① 锡安，指以色列的圣地锡安山，也常用来借指天国。此处指和基督徒对话的犹太人。诗中的“她”指锡安的女儿，也可喻为犹太人的后代。

它们颤抖着站了起来。
哦，上帝，除去它们的罪，赶快，
让生命再来。”

第四，天堂原型。“天堂”是英国文学作品原型叙事中经常运用的文学原型或原型意象，也是克里斯蒂娜·罗塞蒂诗歌的主要原型意象之一，甚至其诗歌也被誉为“天堂的明澈而嘹亮的潮声”。主要包括《天堂映像》《天堂回响》《我可否忘记？》《梦境》《无名的莫娜》（多首）以及《修道院的门槛》等。以《天堂映像》为例：

金色翅膀，银色翅膀，
闪耀着火焰般的光芒，
只见一群鸟儿在飞翔，
而鸟儿的名字却不详。
它们唱着歌飞到身旁，
用自己的腔调在欢唱。

一只接一只叽叽喳喳，
一只接一只相互应答，
他们用自己听懂的话，
一只接一只相互应答，
在我的头顶盘旋嬉戏，
飞上了高空遥不可及。

盘旋着火焰般的翅膀，
发出带有节奏的声响，
它们银色翅膀闪动着，
它们金色翅膀环绕着，

风掠过他们金银翅膀，
它们在天堂高歌引吭。

倏忽间，就在我眼前，
它们疾飞如火石电闪，
高飞，高飞，顷刻间，
攀上了那高高的蓝天，
生活在那天堂的鸟仙，
不愿将巢筑在凡尘间。

那里没有升天的月亮，
没有奔向西方的太阳，
它们休憩时开始吟唱，
讴歌它们的荣耀光芒，
也将它们的爱情颂扬，
此刻它们纵情地欢唱。

那里看不到一座花园，
曾被凡人践踏和糟践，
也不见花开茂盛的树，
从俗世的泥土中长出，
因为它们栖息的花园，
可是上帝安居的乐园。[①]

诗人凭借自己的构想，勾勒出一幅天堂的美好景象：鸟儿在高空飞翔，鸟儿在欢唱，鸟儿在嬉戏，鸟儿在筑巢，鸟儿在颂扬；天堂“是上帝安居的乐园”，那儿的树不是“从俗世的泥土中长出”，那儿的花，不曾“被凡人践踏和糟践”；通过对天堂的颂扬，

① 朱立华译自 https://www.poemhunter.com/poem/paradise-in-a-symbol/。

表达了升入天堂的虔诚的愿望，体现出宗教情结。克里斯蒂娜·罗塞蒂在《我可否忘记？》《梦境》，以及“灵肉合致”一节论及的《天堂回响》中，或仰望天堂，或天堂散步，同样表达过自己对天堂的向往和对天堂美好景象的颂扬。

虽然克里斯蒂娜·罗塞蒂还未达到从原型叙事、伦理叙事或宗教叙事的高度，来关注处在当时社会的人们所面临的诸如现代性焦虑、信仰危机等社会问题，但她已经关注到一个生命个体在维多利亚时代的生存困境和信仰矛盾。例如，在《修道院的门槛》中，诗人把修道院的门槛作为象征，讲述了诗人在最终归宿上是选择皈依上帝还是选择皈依爱情的矛盾心理、斩断情缘和永结情缘的内心冲突。《修道院的门槛》向来被认为是克里斯蒂娜在读了蒲柏的《艾洛伊斯至亚伯拉德》一诗后所做的回应。《修道院的门槛》中，女主人公放弃进入门槛，拒绝皈依上帝。“负罪”的灵魂难以得到救赎。而克里斯蒂娜却做出了和负罪的女主人公截然不同的宗教选择：宁可失去爱情，也要皈依上帝，体现出其宗教情怀之虔诚与坚定：①

亲人啊，我们之间存在血缘关系，
这血，有来自父亲，有来自兄弟，
这血，就是一道无法跨越的栏杆，
我只能选择向上攀升的层层楼梯，
楼梯层层，直通金光闪耀的天际，
通向蜃楼与海市，犹如玻璃一般。
我百合花般的双脚被泥土玷污，
那是孕育传说故事的猩红泥土，
将希望与罪恶叙述，

---

① 李利红：《克里斯蒂娜·罗塞蒂诗歌中的宗教情怀》，载《长春理工大学学报》，2009年，第4期。

将难觅的真爱倾诉。
唉，我的心，若敞开心扉，
那污点同样也会暴露无遗，
我寻求缥缈的烈焰与海水，
将污点濯洗，将罗网焚毁。
看，楼梯将我们高高抬起，
还有与我一道燃烧的楼梯。

你向下俯视，我朝上仰视，
我看到了远方恢弘的城池，
一片湿地偎依无尽的山峦，
一串星宿点亮远处的海湾，
那儿正直的人们把酒言欢。
树林中他们或者美梦正酣，
或者醒后圣歌抑扬来颂赞，
有小天使与大天使来相伴。
背着十字架他们把酒喝干，
把四肢猛拉炙烤按压扭转，
清除掉尘世间的杂乱纷繁。
长空中高天闪现星光灿烂，
日光在他们面前变得黯淡。

你看到什么？俯视长空，
但见葡萄藤中姹紫嫣红，
上蹦下跳，来来往往，
欢腾，活跃，酒后变强壮，
露珠浸润的桃花分外妖娆，
微风轻抚的金发轻扬飞飘，
少男少女来来往往，

爱情乐曲尽情欢唱。
你逗留徘徊，莫负飞逝韶光，
为生命飞扬，蓄积你的力量，
阴影最终在地上渐渐伸长，
那是夜幕降临，白日衰亡，
飞向山岗，切莫逗留，
这是微笑叹息的时候？
秘密的小树林中歌声轻飘，
突然栖息的蓝鸟开始嬉闹，
时光飞逝而你还在逗留，
在今日还是今日的时候，
下跪、祷告、暴力搏斗。
明日将来临，今日就至此，
你为何要死，你为何要死？

你和我同犯了享乐的原罪，
我们一起忏悔吧，我已忏悔，
我必须丢弃知识让我心碎，
原本平坦的路引我们前行，
归来时它却变得崎岖不平。
还需多久我才可能安睡？
还要多久昼夜不停更替？
天使在喊叫而她在祈祷，无疑，
她想用乏味的眼泪将灵魂洗涤。
还要多久岁月不停延续？

在你面前我移开了眼别过了脸，
还有我的头发你再也看不见，
唉，去而不返的欢乐时光，

幸福已死亡，爱情已死亡，
唯有我的嘴唇依然朝向你，
我青紫的嘴高喊“忏悔”！
生命如同大斋节令人厌倦，
稀疏的岁月星辰令人生厌。

我将如何在天堂安歇，
如何独坐天国的台阶？
倘若圣徒与天使谈及爱情，
我坐在宝座上该不该回应？
朋友们，请怜悯我吧，
我已听到那边的谈话，
我不该用恳求的目光，
带着苦痛向凡间瞭望？
哦，凭我们所带的礼物，
拯救我免受天国的痛苦。
忏悔，忏悔，以求宽恕，
生命漫长，但已然结束。
忏悔吧，净化并拯救灵魂，
晨星们在他们生日的清晨，
唱出的声音，比不上有人
忏悔时天使们唱出的丽音。

我告诉你昨晚我梦中的情景，
梦中有一个面容神圣的精灵，
足踏烈焰向无垠的天空攀行。
我听它拍击身上的百只翅膀，
天国的钟声传出欢快的声响，

天国中空气的幽香令人发颤，
星球绕着飞奔的战车而旋转。
“给我光”他边攀登边呼喊，
更多温柔的光在他身上弥散。
他超越天使，超越天使长，
他得意扬扬，他力量超强。
他脚踩着小天使的裙裳，
仍然尖叫：“给我光！”
将饥渴的脸埋入大海猛喝，
真渴啊，这远远不能解渴。
我见他成了被知识灌醉的醉汉，
从苦痛的眉毛上取下神圣王冠，
他的卷发犹如撕裂的蛇身盘缠，
他离开他的宝座，匍匐爬行，
将大天使脚上的尘土舔干净。
为什么知识能被称量？
爱情甜蜜，知识坚强。
他的知识是懂得了，
世间万物皆渺小，
唯有爱情最重要。

我告诉你昨晚梦中的情景，
它不是黑暗，也不是光明，
寒露透过泥土浸湿我的浓发，
你来找我，你说：“你梦到了我？”
我那曾经向你跃动的心啊，
犹如尘土，我半醒着回答：

“我鲜红的被单潮湿的枕头，
还有那铅灰色的华盖挂床头。
去寻找一位暖心的侣伴，
就像枕头对于脑袋一般，
去爱吧，她比我更温暖。”
你绞着双手，我就像铅坨，
砸穿了地上的湿土，
你捶打双手，充满忧愁，
步履蹒跚，但不是醉酒。

长夜漫漫，我整晚梦到你，
我醒了，祈祷，而非本意，
我又睡了，再次梦到了你。
终于我下跪、祈祷，站起，
我不能记录下我所说的话，
我不善言辞，不潸然泪下。
我的沉寂刺破黑暗发声响，
犹如雷鸣。清晨天空放亮，
我面容清癯，我灰发苍苍，
冰冷的腥血凝集在门槛上，
挣扎窒息，门槛上躺着我。
倘若此刻你见到我，你会讲，
我深爱着的那张面孔在何方？
我将回答：它早已飘走，
头罩面纱在天堂逗留。
当晨星终于再次升起，
夜幕笼罩的地球遁逸，

我们安全地站在门里，
然后你会将面纱撩起。
立起身仰望那遥远的高天，
棕榈已长大，命运已安排，
我们用原来的方式再相见，
我们用原来的爱情再相爱。①

① 朱立华译自 https://www.poemhunter.com/poem/the-convent-threshold/。

第七章　女性关怀与女性叙事

女权主义就是妇女为平等所进行的斗争。

——〔比〕尚塔尔·墨菲

社会不仅把妇女看作孩子气、非理性和性方面都不稳定的人，而且把她们描述为法律上无权和经济上的边缘者。

——〔美〕伊·肖瓦尔特

克里斯蒂娜·罗塞蒂创作诗歌的时候，女性主义初露端倪，因此她算不上一位女性主义作家或女性主义理论家。然而，由于受到法国大革命“自由、平等、博爱”思想的影响，她开始关注女性问题，她的诗歌之中已体现出女性主义特征或女性问题意识，诸如女性形象、女性角色、女性话语、女性赞美、女性身份、女性歧视、女性平等、女性伦理和女性审美等，显示出其对于女性的关怀。克里斯蒂娜·罗塞蒂的诗歌中大概有200多首，都是以女性作为叙事对象，主题涉及维多利亚时代女性道德的双重标准、女性作为“他者”的第二性、女性在男权社会中所受的压迫、女性的反抗、女性追求爱情和性自主权，还有对于女性的赞美等，其中最主要的几首女性叙事诗《小妖集市》《王子的历程》《爱情三重唱》和《少女之歌》均通过女性书写来表达对女性的人文关怀。

第一节　女性叙事与维多利亚女性诗歌研究

本章主要采用女性叙事模式，探讨克里斯蒂娜·罗塞蒂诗歌对于女性的人文关怀问题。因此，本节首先对女性主义叙事学（女性叙事）的理论背景、理论缘起、研究视角、研究方法以及国内外主要学者的研究成果进行概述；然后对克里斯蒂娜·罗塞蒂及其同时代的女性诗人所创作的女性诗歌的相关研究进行综述。

一、女性主义叙事学的理论缘起与流变

“20 世纪 80 年代以来，不少叙事学家针对叙事学忽略文本的意识形态内涵和社会历史语境的问题，将叙事学研究和女性主义批评相结合。同样，有的女性主义批评家也针对自己的分析过于印象化的弱点，从叙事学领域借用较为系统的形式分析模式”[①]。在此背景下，苏珊·兰瑟（Susan Lancer）等学者将女性主义批评与结构主义叙事学结合，进行跨学科研究，形成了女性叙事理论与女性叙事模式。

女性主义叙事学经历了 30 余年的发展历程。女性主义叙事学的创始人是美国学者苏珊·兰瑟。随着 20 世纪下半叶女性主义第二次浪潮的兴起和叙事学的发轫，兰瑟等学者意识到二者之间的关联。由于接受了女性主义、形式主义、马克思主义文论和言语行为理论的影响，苏珊·兰瑟在 1981 年于普林斯顿大学出版社出版了她的著作《叙事行为：散文性小说视角》（*The Narrative Act: Point of View in Prose Fiction*），探讨了叙事形式的性别意义，提出了一些基本的理论和批评实践。1986 年她又在《文体》杂志上发

① 申丹：《叙事形式与性别政治——女性主义叙事学评析》，载《北京大学学报》，2004 年，第 1 期，第 136 页。

表了论文《建构女性主义叙事学》(“Toward a Feminist Narratology”)，该论文首次使用“女性主义叙事学”（Feministnarratology）这一术语，提出该理论模式的研究目的和研究方法等，将结构主义叙事学与女性主义的性别视角结合起来研究，奠定了女性叙事的基础。之后，兰瑟又出版了著作《虚构的权威》，进一步阐述了女性叙事或女性主义叙事学的主要目标、基本立场和研究方法，并进行了更为系统的批评实践。[①]此外，布鲁尔、沃霍尔等发表了论文《放开说话：从叙事经济到女性写作》和《建构有关吸引型叙述者的理论》，将女性主义、性别政治与叙事学结合起来进行研究；美国学者纳什在《女性主义叙事伦理》中，借鉴了女性主义叙事学关于性别与叙事策略关系的总体思想，对弗吉尼亚·伍尔夫等一些现代作家的代表作进行解读，促进了女性叙事的发展。之后近20年间，一些西方学者聚焦于女作家的小说创作，关注她们在运用叙述策略时的特殊表现，以社会历史语境为参照，探究暗含在叙述声音、情节结构、话语方式等形式中的性别意蕴。至21世纪初，女性主义叙事学得到广泛认可，被学界定名为“关注性别差异、对故事与话语进行系统研究”的一个流派。[②]

二、维多利亚女性诗歌研究

克里斯蒂娜·罗塞蒂是英国维多利亚时代主要的女性诗人之一，其诗歌也是维多利亚女性诗歌的重要组成部分。维多利亚时代英国诗坛上涌现出克里斯蒂娜·罗塞蒂、勃朗宁夫人以及艾米莉·勃朗蒂、乔治·艾略特（真名 Mary Ann Evans）、迈克尔·菲尔德（真名 Katharine Harris Bradley）、菲莉西亚·赫曼斯（Felicia

① 申丹：《叙事形式与性别政治——女性主义叙事学评析》，载《北京大学学报》，2004年，第1期，第137页。

② 王丽亚：《西方文论关键词——女性主义叙事学》，载《外国文学》，2019年，第2期，第103页。

Hemans)、阿德莱德·普罗克特(Adelaide Proctor)、罗莎蒙德·华生（Rosamund Watson）、弗吉尼亚·缪（Virginia Mew）、伊丽莎白·西黛尔（其中克里斯蒂娜·罗塞蒂和伊丽莎白·西黛尔又属于拉斐尔前派）等十余位女性诗人，她们创作了数千首诗歌，奠定了维多利亚女性诗歌在英国诗坛的地位。20世纪以来，国外学者采用新批评的文本细读、比较文学的影响研究以及文化阐释等方法，对维多利亚女性诗歌（借用狭义定义，仅指女性诗人创作的诗歌）进行了多维度、多视角研究，研究内容包括围绕其诗歌所做的女性主义、唯美主义、后现代主义及后殖民主义等文学研究，其诗歌的审美艺术与美学思想等美学研究，女性诗人的生平、创作背景、在中国的翻译与传播、在东方文化语境中对中国新诗的创作形式和内容的影响、对中国女性文学身份和女性文学批评建构的影响以及对中国新文化运动的影响等影响力研究。主要成果如下：

剑桥大学的文学家、女诗人安吉拉·雷顿著有《伊丽莎白·勃朗宁》(1992）和《维多利亚时代的女性诗人：锥心之作》(1992)，编著了《维多利亚时代的女性诗人：艾米丽·勃朗蒂，伊丽莎白·勃朗宁，克里斯蒂娜·罗塞蒂》(1995）和《维多利亚时代的女性诗人：批评读者》(1996)，与玛格丽特·雷诺兹合编了《维多利亚时代的女性诗人文集》(1992)；弗吉尼亚·布莱恩的《维多利亚女性诗人：注解文集》(2009)等，对勃朗宁夫人、艾米莉·勃朗蒂、乔治·艾略特、克里斯蒂娜·罗塞蒂、伊丽莎白·西黛尔等维多利亚女性诗人，在女性主义、新历史主义、后殖民主义、消费主义和后现代主义视角下，采用文化批评、文学批评、艺术批评乃至社会政治和意识形态批评方法进行了综合研究。

北卡罗来纳大学教授安东尼·哈里森以女诗人克里斯蒂娜·罗塞蒂为主要研究对象，发表了十余篇论文，从“爱与背叛”“爱与理想”“语境互文性”“历史互文性”等诸多方面对克里斯蒂娜·罗塞蒂进行研究。他的《语境中的克里斯蒂娜》(1989),研究了“拉斐尔前派、罗斯金美学”和“唯美主义”的关联,以及“拉斐尔前派唯美主义、拉斐尔前派圣事主义”和“先拉斐尔主义”的相互影响,进而论证其诗歌的“语境互文性”和“历史互文性”,探究其显性或隐性的影响关系,从女性诗歌中发掘出许多值得研究的问题,其研究处于国际领先地位。

美国布朗大学学者布里安娜·白克罗夫特在《〈保卫桂内维尔〉的性别角色转换》和《性别和权力的救援和创世神话》(2004)中,分析了“在男性世界里,桂内维尔只有不断进行性别角色转换,才能保卫自己”,并分析了莫里斯创世神话艺术中性别和权力的关系;在《维多利亚诗歌中的女性声音》(2003)中,研究了勃朗宁夫人和克里斯蒂娜·罗塞蒂作品中女性叙事话语权受男性霸权话语的压抑与反抗,展现出“重新配置的男性诗学传统的新女性视图”;耶茨和特罗布里奇(2014)主编的论文集《拉斐尔前派男性化:男性化在艺术与文学的建构》,研究了拉斐尔前派诗歌的性别建构、争议、改革和解构的过程。

唯美主义研究多集中于拉斐尔前派女诗人克里斯蒂娜·罗塞蒂和伊莉莎白·西黛尔及其诗歌。威廉·冈特的《拉斐尔前派的梦》和《美的历险》两部著作,系统梳理了克里斯蒂娜·罗塞蒂等拉斐尔前派的理论缘起、生发流变、矛盾冲突、梦幻破灭和文学成就,为唯美主义研究提供了理论与实证基础。提姆·巴林杰的《拉斐尔前派艺术》,综合研究了克里斯蒂娜·罗塞蒂等诗人的艺术背景、艺术特征、艺术成就及其唯美主义艺术风格,形成了唯美主义研究的理论指导。1977 年,多伦多约克大学的拉瑟姆(Latham),芝加哥保罗大学的加里根创办了杂志《拉斐尔前派研究》,借助此研究平台,国外学者对维多利亚女性诗歌,尤其是拉斐尔前派女性诗歌进行了多维度研究。

通过检索“中国期刊全文数据库”“中国博士论文全文数据

库”和“中国优秀硕士论文全文数据库”发现，国内学者主要从文学、美学、叙事学及译本比较等角度对维多利亚女性诗歌进行研究，内容涉及女性话语权、伦理道德与宗教、意象艺术以及影响接受与放送研究，且多集中于对勃朗宁夫人和克里斯蒂娜·罗塞蒂的个体研究，尚未检索到对其他女性诗人及作品的相关研究，也未检索到对维多利亚女性诗歌的总体研究。这种缺少总体研究、个体研究不具有普遍性的问题，说明国内维多利亚女性诗歌研究存在不足之处。

第二节　克里斯蒂娜·罗塞蒂诗歌的女性关怀

纵观英国文学史，中世纪和文艺复兴时期，在父权社会文化语境中，文学创作被视为男性的特权，文学文本基本上都是男性文本，女性被视为第二性的“他者”，没有话语权，没有接受教育和进入公共社会空间的机会，只能生活在家庭的狭小空间之内。而到了 17 世纪“弥尔顿时代”之后，富裕家庭的女孩获得接受教育的机会，开始读书识字。随着女性意识的觉醒，出现了为数不多的几位女性作家，例如，英国第一位以写作为生的职业女作家阿芙拉·贝恩，[①]知名作家亨利·菲尔丁的妹妹、“蓝袜子”女作家萨拉·菲尔丁。维多利亚时代，随着英国社会的发展，英国文坛上涌现出数十位女性作家，也包括克里斯蒂娜·罗塞蒂、勃朗宁夫人以及艾米莉·勃朗蒂、乔治·艾略特等女性诗人，她们创作了数千首诗歌，确立了其在英国诗坛上的地位。其中克里斯蒂娜·罗塞蒂和勃朗宁夫人诗歌成就最为突出，仅克里斯蒂娜·罗塞蒂一人就创作了近千首诗歌，其中 200 余首涉及女性叙事，或

---

① 侯霞：《欧美女性诗歌发展特色》，载《牡丹江大学学报》，2010 年，第 7 期，第 16 页。

建构以女性为创作对象的女性形象，或分析女性传统角色定位和男性话语权下的女性形象扁平化、边缘化的状态，或描述女性意识觉醒之后，勇敢反抗男权的女性形象，或讲述女性对于爱情、婚姻的大胆追求，即女性的“性自主权”，或揭示女性在叙事中处于“被描写”的状态，即女性作为第二性的话语权等问题，通过女性叙事模式，表达克里斯蒂娜·罗塞蒂对女性的人文关怀和对维多利亚时代女性道德的关注，其诗歌体现出女性主义的诗学特征。例如，在《无名的莫娜》第十一首中，克里斯蒂娜·罗塞蒂采用女性叙事模式，描述了在维多利亚时代道德标准极其严苛的社会语境中，女性不惧世人的议论，大胆表白自己的爱情，袒露自己的心、自己的爱，并以上帝作证，申明她的爱是一生一世，而非一时一刻。追求真爱，追求自由婚姻，也是一种针对女性的关怀，具有女性主义特征。当然，即便对于爱情，世人的眼中还是存有偏见：男他是真爱，而女她的爱却遭到种种非议，认为是游戏而已。

来世很多人会提起你，
“他爱她”，而他们会怎么议论我？
我爱你只是游戏而已，
就像慵懒的女人追求时尚。
让他们叨叨，他们哪知我们的爱，
我们别离的难言惆怅，
生离死别而重逢无望，
人世间无望，又不见天堂。
我向你袒露我的心、我的爱，
我的爱不会让你徒劳等待，
爱，穿过死亡的门廊，
离你而去，但会重来，

我要你在上帝前讲明白，
是一生，不是一刻，我对你的爱。

一、克里斯蒂娜·罗塞蒂与女性主义的关联

女性主义叙事学作为结构主义经典叙事学和女性主义文学批评融合的交叉学科，打破了形式主义和反形式主义的长期对立，既可以使女性主义批评的意识形态理论导入经典叙事学所缺乏的文化语境，又可以使女性主义文学批评增加一个文本叙述层；它兴起于20世纪80年代，比女性主义的诞生晚一个多世纪。

19世纪中叶，英国兴起了第一次女性主义运动的浪潮，目标是争取女性的选举权、受教育权和平等就业权；20世纪60年代兴起了第二次浪潮，目标是批评性别主义、性别歧视和男性权力，期间主要作品为波伏娃的《第二性》；20世纪70年代后期，随着后现代女性主义的诞生，兴起了第三次浪潮。女性主义，是指一种主要以女性经验为来源与动机的社会理论与政治运动。除对社会关系进行批判之外，许多女性主义的支持者也侧重于对性别不平等、妇女的权利与利益等问题进行分析。女性主义理论千头万绪，但其核心概念就是男女平等；女性主义理论的目的在于了解不平等的本质、性别政治、权力关系与性意识（sexuality）；女性主义探究的主题则包括歧视、刻板印象、物化（尤其是关于性的物化）、身体、家务分配、压迫与父权；其理论基础是认为现时的社会建立在一个男性被给予了比女性更多特权的父权体系之上。主要流派包括：自由主义女性主义、社会主义女性主义、激进女性主义、马克思主义女性主义、女同志理论、后殖民女性主义、生态女性主义和后现代女性主义。女性主义研究历史虽短，范畴却宽，涵盖了诸如“女性主义美学”（Feminist Aesthetics）、“女性主义诗学”（Feminist Poetics）和“女性批评学”（Gynocritics）等

学科，[①]研究内容包括双性同体（Androgyny）、话语（Discourse）、性欲（Eroticism）、空间等等。

“拉斐尔前派姐妹会”（Pre-Raphaelite Sisterhood）是依据“拉斐尔前派兄弟会”（Pre-Raphaelite Brotherhood）而成立的一个女性团体，主张女性应该具有和男性平等的话语权、受教育权，消除女性歧视，女性应该获得同等的就业机会，她们的这些主张和当时刚刚兴起的女性主义有诸多相似之处，其作品“体现出”女性主义的诗学特征。克里斯蒂娜·罗塞蒂作为拉斐尔前派姐妹会的一员，接受了女性主义的影响，无论在社会生活中，还是在诗歌创作中，她都表现出对于维多利亚时代女性的人文关怀。另一方面，拉斐尔前派（成立之初又称为拉斐尔前派兄弟会）表面上看似乎和女性主义者并无直接关联，但实际上二者具有共同的关注点。拉斐尔前派成立于1848年，而同年在纽约州色内加瀑布市召开了第一次女权大会，标志着女性主义运动正式拉开了序幕。虽然只是时间的巧合，但它们都诞生于英国维多利亚时代相同的文化和社会语境，对于女性道德问题，在男性主宰的社会中女性的地位、话语权等问题，也有着同样的关心与探索。克里斯蒂娜·罗塞蒂作为拉斐尔前派诗人的一员，接受了女性主义的影响，其美学思想和艺术主张与女性主义有很多相似之处，其诗歌之中蕴含着某些女性主义的诗学特征，显示了诗人的女性主义声音和对于女性的人文关怀。例如，在短诗《如果我是女皇》中，克里斯蒂娜·罗塞蒂采用女性叙事模式，通过一对恋人的对白，首先体现了女性具有同等的甚至是优先的话语权，因为会话是由女性

---

① 女性主义美学是20世纪70年代兴起的美学流派，主要特征为尊重和强调女性性别立场与价值。费尔斯基的定义则是“研究存在于女性社会性别和某种特殊的风格形式之间的关系的理论”；女性主义诗学指“女性主义文学研究者有关文学艺术创造与构成的理论”；女性批评学理论最早由伊莱恩·肖瓦尔特提出，主要研究女作家，女性语言的语言学特征和问题，女性个体或集体的文学职业发展轨迹，女性文学的历史、主题、风格、结构等。柏棣主编《西方女性主义文学理论》，桂林：广西师范大学出版社，2007年：第218页。

发起的；其次体现出女性敢于拥有和男性同等的社会权力这样平等自由的思想：如果我是女皇，我该多么张扬？我让你做国王，我等你为国王。

如果我是女皇，
我该多么张扬？
我让你做国王
我等你为国王。
如果我是国王，
我该怎么张狂？
我让你当女皇，
只因你将嫁我。[①]

二、女性形象的赞美与崇拜

伊莱恩·肖瓦尔特在女性主义批评研究中提出，作家在塑造女性形象时，形成两个极端：不是仙女就是恶魔。天使天真、美丽、可爱、无私，恶魔丑陋、自私、蛮横；有时男性作家把女性描绘成天使外表、魔鬼内心，表现出男性文学的厌女症和对女性的文学虐待，体现出男性在塑造女性形象时的性政治倾向。[②]所幸拉斐尔前派中性政治倾向并不明确，他们多表现出热爱女性或崇拜女性的女性主义特征。

对女性形象的赞美、女性形象的崇拜是女性主义批评的核心表达之一。克里斯蒂娜·罗塞蒂诗歌中的女性形象，改变了维多利亚时代父权制下女性形象的传统角色定位和男性话语权下女性形象边缘化的状态，女性不总是第二性的“他者”，不总处于“失

① 朱立华译自 https://www.poemhunter.com/poem/if-i-were-a-queen/。

② 柏棣主编《西方女性主义文学理论》，桂林：广西师范大学出版社，2007 年：第 219 页。

语”状态，而是重构的、全新的、敢于追求爱情且自我意识不断觉醒的具有现代女性意识的新形象，这些描写充满对女性形象的赞美和崇拜，通过女性叙事，表达对于女性的人文关怀。这些形象包括姐妹形象，如《小妖集市》中反抗小妖的姐妹莉齐和劳拉、《少女之歌》中山间快乐的三姐妹等；新娘形象，如《新娘歌》中的公主和《莫德·克莱尔》中的新娘；圣母形象，如《圣诞颂歌》中亲吻耶稣的圣母；天使形象，如《基督徒和犹太人》中的大天使与小天使；平民女性形象，如《王子的历程》中的挤奶女工、侍女，以及《两次》中皈依上帝的虔诚女孩等。

第一，姐妹情深形象。克里斯蒂娜·罗塞蒂作为“拉斐尔前派姐妹会”的一员，在其女性叙事诗歌之中，成功地塑造了一些姐妹情深的女性形象。在《小妖集市》中，她塑造了美丽的劳拉姐妹的天使形象，赞美了姐姐为了拯救妹妹所体现的奉献和牺牲精神：“像两朵鲜花恋在一个梗上，像两片雪花刚刚飘降，像两条嫩枝，象牙雕妆，金黄的枝尖像威严的君王。”她们仪态端庄，清纯甜美，为了不去惊扰她们休憩，“笨拙的猫头鹰忍着不再疾飞，蝙蝠也不再往复鼓翼”。

头依着头，金发盘绕，
像两只鸽子偎在同一巢，
翅膀相挽相抱，
她们躺着，窗帘遮住了她们的床。
像两朵鲜花恋在一个梗上，
像两片雪花刚刚飘降，
像两条嫩枝，象牙雕妆，
金黄的枝尖像威严的君王。
星月的柔光倾泻在她们身上
催眠曲任由风儿为她们吟唱，

笨拙的猫头鹰忍着不再疾飞，
蝙蝠也不再往复鼓翼，
以免惊扰她们休憩。
面贴着面，胸抵着胸，
她们蜗居于同一窠巢。

克里斯蒂娜·罗塞蒂赞美了莉齐的无私奉献和牺牲精神。为了拯救因受小妖象征的男性世界的诱惑而偷食禁果的妹妹劳拉，她遭到小妖的虐打但坚贞不屈，最后那帮邪恶的家伙，被她的抵抗整得疲惫不堪而狼狈逃窜，有的钻入地底，有的潜入小溪，有的消逝在远处不见踪影。

苍白但金贵的莉齐挺立着，
像一朵急流中的百合，
像一块蓝色纹理的礁石，
被浪潮恣意地拍击；
像一座灯塔被孤零零地遗弃
在一片咆哮的苍茫大海里
发射出一束金色的光芒；
像一棵树冠挂满果实的桔树，
白茫茫的花朵香甜如蜜，
招来了黄蜂和土蜂袭扰的痛楚；
像一座贞女一样高贵的小镇，
上空矗立着圆的和尖的镀金屋顶，
正遭到一支舰队密集的围攻，
欲将她的旗帜疯狂扯下。
……
最后那帮邪恶的家伙

被她的抵抗整得疲惫不堪，
扔回她的银币，踢翻自个的水果，
不管他们沿着哪条路走，
没丢下任何根茎、果核或枝条。
一些小妖扭动着身躯钻入地底，
一些潜入了小溪，
泛起了波纹和涟漪，
一些在大风中掠过而没有一点声音，
一些消逝在远处不见踪影。

在《少女之歌》中，诗人成功塑造了气质“高贵典雅”“温婉大方”“甜美清纯”“宛若女王”“像太阳一样明亮”的女性形象，她们有着高挑的个头、高雅的仪态、闪动的眼波、秀丽的面颊、激情的香唇、飘逸的金发、扬起的圆颈、轻盈的步态，诗人以神态逼真、形象鲜明的描写，成功塑造了天生丽质的女性形象。通过表现女性的真实面貌而非男性的幻想，表达了对女性形象的赞美，体现出女性主义情怀：

……
个头高挑的梅根，
精致、优雅的梅，
美丽的玛格丽特，
美啊，妙不可言，
久远的年代之前。
……
此刻，玛格丽特，美貌无双，
独坐家中，宛若女王，
如羞涩的玫瑰，似皎洁的月亮，

洋溢着神圣的光芒，
散发出牛奶般的馨香，
或田野中豆花的芳香，
她生来小鸟依人，
优雅犹若常春藤，
坐在那，哼着歌儿，补补缝缝。
……
梅、梅根，步态轻盈，
寻找最合适的地方，
长满一片片的百里香。
此刻，天气愈加闷热，
她们坐下小憩，怡然自乐，
文静典雅，温婉大方。
可爱的少女或远去，或来到近旁，
而玛格丽特没在这个地方，
她正独坐家中缝衣、吟唱。
……
夕阳映红了她们秀丽的面颊，
清风抚弄着她们飘逸的秀发，
草丛里爬行的小动物，
对她俩这儿挠挠，那儿摸摸。
梅根吹奏欢快的小曲，
她随性吹奏，时断时续。
鸟儿在树梢上啁啾，
梅也在欢快地吹奏，
甜蜜优雅宛如清流。
……
梅根暗自思量：

"跟着他，我就是老大，像女王，
胜过玛格丽特待的地方，
她的光芒使我黯淡无光，
不管我多么漂亮，
我只能是老二，只要有她的地方。
我将是他挚爱的女人，
我是他宠爱着的女人，
我是他牧群的女主人，
我在家和他夫唱妇随，
将小孩养大牛儿喂肥。
……
似清澈溪水潺潺，
如嘤咛蜜蜂温婉，
像狂野寒风惊颤，
孤独地穿越林间。
似林鸽情意绵绵，
将爱情深藏心田，
然而鸽子的咕咕叫声，
似音符流淌时高时低，
暴露了它深藏的秘密。
……
她的双眸将那个斜坡点亮，
恰似夏日闪电的光亮，
像冉冉升起带光环的月亮，
将她闪光的头发照亮，
而她的脸像太阳一样明亮，
黎明闪现白玫瑰光亮。

……[1]

克里斯蒂娜·罗塞蒂塑造了牧牛人、牧羊人和国王三个男性形象，通过男性对于女性的跪拜，表达诗人自己的女性崇拜和女性关怀。首先牧牛人坐在梅根的脚下，目不转睛，充满敬畏，温情地倾听她的歌声；其次，牧羊人径直跪在梅面前，忘记了一切，不管东西南北，不顾幸福伤悲；最后那个国王，不顾自己的尊贵身份，拜倒在玛格丽特膝下，躬身向她表达仰慕之情。在男性主宰的父权社会中，女性不再失语，而是拥有话语权，赢得了应有的尊重。

山谷中，牧牛人匆匆而上，
势如烈焰，锐不可当，
卷发飞飘，
如火光闪耀。
没向北看，不向南瞧，
没向东瞅，不向西瞄，
他只坐在梅根的脚下，
如相思鸟栖息在鸟巢，
无声敬畏中，追求她，
无言惆怅中，追求她。
她的歌，湿润了他的眼睛，
唱出了他的心声，
他爱上了她，温情地倾听。
……
牧羊人匆匆而下，高坡上，

① 朱立华译自 https://www.poemhunter.com/poem/maiden-song/，全诗共 660 多行，书中所引、附录，不再一一列出。

向下眺望，
（后面紧跟白色的小羊，
驱赶它们的是爱情和牧羊杖）。
没有朝东，没有向西，
没有朝北，没有向南，
他径直跪在梅的面前，
爱上她吟唱甜曲的小嘴儿，
忘了他气喘吁吁的羊群儿，
在久旱、干裂的山坡上，
忘了自己的幸福或忧伤。
她的歌儿时而温婉时而悠扬，
她的性格时而扭捏时而开朗，
声音颤动迷惘，
顿挫抑扬。
……
那个国家的国王，
骑着他的戴着琥珀嚼子的骏马，
时而跑到跟前时而奔向远方，
只听得马蹄飞扬阵阵声响。
后面紧跟着王室成员，
侍卫、骑士和贵族。
他头戴王冠，
手执权杖，
拜倒在玛格丽特膝下，
尊贵的国王，
躬身向她表达仰慕之情。

第二，平民女性形象。虽然克里斯蒂娜·罗塞蒂因皈依宗教失去爱情，精神上受到打击，疾病又使其肉体受到折磨，诗歌中总幻想死亡与天堂生活，但她并未悲戚、绝望，相反，其死亡书写持有明亮乐观的态度，生活的态度也是积极的，其诗歌之中也塑造了一些生活中的平民女性形象，赞美女性的勤劳与质朴，显示出她的平民情怀。《王子的历程》描写的王子在迎娶新娘的历程中，由于不断受到各种诱惑和艰难险阻，耽误了日期，导致了新娘郁郁而终。其中，在挤奶女工和侍女的叙事中，诗人塑造了一个可爱、俏皮而又大胆表白爱情的平民女性形象：她很直爽地提供了奶茶，但又索要报酬，不要黄金珠宝，不要丝绒外套，只要普通的白围巾和一天的陪伴，赞赏女孩不贪钱财的美德，表达了诗人自己对于平民女性的人文关怀。

> 他轻盈的步伐，灿烂的笑容，
> 只见阶梯旁徘徊着一位挤奶女工，
> 她放下木桶，
> 片刻小憩，卷发波光闪耀，面颊白里透红。
> 王子行走了没多时刻，
> 看到挤奶女工就感到了饥渴。
>
> “可否给我来杯早茶？”
> “行啊。”她笑着回答。
> 他捧起奶桶，痛饮鲜奶，
> 把绸缎般的黑色虬髯擦了擦。
> “这头母牛最洁白，
> 你肯定喝了它的奶。”
>
> 是牛奶，还是奶油？
> 是美女，还是梦魇？
> 她的眼睛里波光闪闪。

他本可以去，但选择了留，
他看到了她眼中的渴求。
她说道“给我报酬。”

“我将给你黄金珠宝。”
“不，黄金又沉又冷，我不要。”
“我会给你一件丝绒外套，
来装饰你的美貌。”
“我更喜欢那轻柔的白围巾，
在我的香颈缠绕。”

“不，”他喊道，“你该得到报酬。”
她笑道：“除非你为我上九天揽月，
不然就在苹果树下停留，
整整一天陪我身旁。
然后我就让你走，
外面的世界多宽广。”

不愿留，趁她不备就要溜，
刚要走，忽而掉转头，
不愿失礼，不能溜走，
只为那高贵的信誉不可丢。
天空风卷，黑云漫漫，
天际如焰，红云迸裂灿烂。

苹果树荫下，他四肢伸展，
躺着和那个女孩笑谈，
女孩的秀发编成精巧的花篮，
飘飘然，亮闪闪，如蛇尾回环。
从白天到夜晚，

他陷入她的圈套，无法摆脱缠绵。

《新娘歌》[1]中既有侍女形象，又有新娘的形象：

太晚，爱情已逝；太晚，欢娱难留，
太晚，太晚！
你在路上耽延太久，
你却还在门口逗留。
受蛊的鸽子立于枝头，
孤独死去，没有配偶。
受蛊的公主在她的塔楼，
沉睡，安息于格栅窗后，
她内心充满渴求，
你害她苦等没盼头。

若是十年前，五年前，
哪怕是一年前，
甚至是你能按时赶到，
而不耽延，
你就能看到她的音容笑貌，
可惜你再也无法看到。
冰冻的泉水本可喷发，
花蕾本会绽放开花，
温暖的南风苏醒后将把
冰雪融化。

她倒下还那么妩媚？

① 克里斯蒂娜·罗塞蒂从《王子的历程》中摘取最后几节，单独作为一首短诗，另命名《新娘歌》。

曾经的她多么美丽，
金粉点缀金发，即使作女皇，
她配得上任何高贵的国王。
而现在卷发上罂粟花飘洒，
她一定佩戴了白色罂粟花。
轻纱遮覆面庞，
脸上镌刻渴望，
抑或最终所愿得偿
而擦除了哀伤？

从未见她嫣然欢笑，
从未见她蹙眉懊恼，
她的床好像从来不觉柔软，
尽管铺满羽绒锦缎。
她无心打扮，
无意长袍短裙花环。
美丽的花冠下，
愁白了的娥眉，隐隐作痛，
漂亮的棕发中，
抽出了的银丝，徐徐飘动。

从未听她语气急躁，
从未听她语调烦扰，
言行自已，
举止得体，
滚滚红尘的喧嚣，
无法搅扰她内心的静谧。
手不曾慌，
脚不曾忙，

不曾欣喜若狂，
不曾遇事慌张。
昨日，她在床上奄奄一息，
你本该为她哀伤悲泣。
今日，她已升天，
你为何徒然泣涕涟涟？
不，我们爱她就不该恸表哀婉，
该为她高贵的头顶戴上花冠。
让我们抛撒罂粟花，
你的玫瑰太妖艳，
将罂粟花剪下飘撒，
绝非为你留残念。

在《新娘歌》中，诗人对于侍女形象的赞美主要表现在侍女对于主人的忠诚和深厚感情，对于女主人真爱难得、郁郁而终的伤痛以及对于爱情不忠的谴责与质问：为什么不及时迎娶公主呢？为什么在她升天之后，你才徒然泣涕涟涟？我们不稀罕你那妖艳的玫瑰，我们纪念她，在她卷发上撒白色罂粟花，不是为你存留一丝念想，你根本不配。这种情感也是对男性社会的抗争与谴责。

关于新娘的形象，可以说是克里斯蒂娜·罗塞蒂自传式的虚幻爱情书写。诗人因宗教信仰不同而失去真爱之后，经常产生虚幻的爱情，发出真爱难得、真爱易逝的叹息。她笔下的新娘“倒下还那么妩媚”，她“曾经多么美丽，……即使作女皇，她配得上任何高贵的国王。……从未听她语气急躁，从未听她语调烦扰，言行自已，举止得体，滚滚红尘的喧嚣，无法搅扰她内心的静谧。手不曾慌，脚不曾忙，不曾欣喜若狂，不曾遇事慌张”。新娘形象还体现在她的《一枚戒指戴在她手指上》（“A Ring upon Her

Finger”)：

一枚戒指戴在她手指上，
步态轻盈的新娘，
高大帅气的新郎，
在她身旁。
一副面纱遮在她前额上，
步态轻盈的新娘，
自豪快乐的新郎，
在她身旁。
新郎
脚下飘撒着花。
新郎
身前抛撒着花，
在她身旁。①

第三，皈依上帝的虔诚女性形象。克里斯蒂娜·罗塞蒂受家庭的影响而皈依上帝，成为虔诚的基督教徒，将自己的理想、信仰，寄托在自己塑造的皈依上帝的虔诚女性形象身上。例如，在其宗教叙事诗《两次》（“Twice”）中，“我”两次将自己的心捧在手里，想要奉献给上帝。第一次表现的是，不管叫我倒地或站立，还是让我活着或死去，不管遭遇多少艰难，都要把心奉献出去；而第一次心还没成熟，却已破碎，但一心向主，从不退缩。第二次“我”将心捧在手里，恳求上帝的评判，“来里里外外仔细察看：淬炼它的成色，涤除它的浮渣，将它置于你的掌控之下，以免别人摘走它”。就这样“我”将自己的心捧在手里，将自己的全部奉

① 朱立华译自 https://www.poemhunter.com/poem/a-ring-upon-her-finger/。

献给上帝。诗人在此通过皈依上帝的虔诚女性叙事，赞美了一个诚心向主的基督教徒。

我把我的心捧在手里，
（哦，我的宝贝；哦，我的宝贝），
我说：不管叫我倒地或站立，
还是让我活着或死去；
这次一定听我讲，
（哦，我的宝贝；哦，我的宝贝），
可毕竟女人的话没分量；
你应该倾诉，而不是我。
你把我的心捧在手里
带着友爱的微笑，
用苛刻的目光审视着，
然后把它放下说道：
“还没成熟，
还得等等；
伴着云雀的鸣叫，
直等到谷物变黄。”
你放下它时，它已破碎，
它虽破碎，但我并未缩退；
我对你的言辞
你的决断一笑置之：
而自那以后，我难得一笑，
不再追问什么，
不再把野生的矢车菊放在心上，
不再陪着鸣啭的鸟儿欢唱。
我把我的心捧在手里，

哦，上帝；哦，上帝，
我手捧着破碎的心：
你已看见，你来评判。
我把希望写在流沙上，
哦，上帝；哦，上帝：
现在让你的判断生效，
对，把我评判。
这个受侮辱的人，
这个受伤害的人，不经意间，
把这颗心捧给你
来里里外外仔细察看：
淬炼它的成色，
涤除它的浮渣，
将它置于你的掌控之下，
以免别人摘走它。
我把我的心捧在手里，
我不愿死，我要活着，
我就站在你面前；
我就遂了你心愿：
我带来了我的一切，
我献给你我的一切，
你浅笑，我低吟，
谁也不去问究竟。[①]

此外，在《莫德·克莱尔》（“Maude Clare”）中，克里斯蒂娜·罗塞蒂还塑造了一个美丽的莫德·克莱尔与一个“邻家妹妹”

---

① 朱立华译自 https://www.poemhunter.com/poem/twice/。

的形象：

她跟着他们走出教堂，
步履轻盈，仪态万方，
他的新娘像乡村姑娘，
莫德·克莱尔则像女王。
……
“拿去我那份薄情的心，
拿去我那份吝啬的爱，
接受或放弃它全在于你，
从此我将放手不再理。”

耐儿说：“你不要的，我要，
你扔掉不穿的，我穿；
好歹他是我的一家之主，
我爱他，莫德·克莱尔。

莫德，虽然你个头比我高，
人又聪明，长得又好，
但我将爱他直至他最爱我，
所有人中最爱我，莫德·克莱尔。”①

三、女性形象的爱情悲剧与爱情观

爱情是文学作品的永恒主题，也是女性主义研究的核心聚焦之一。爱情是女性作家特别关注的一个话题，作为感性动物，女性能够强烈地体悟到自我的感情向往和微妙的爱欲冲动，往往追求情与性相统一的“灵肉合致”的爱情，追求爱情自主和

① 朱立华译自 https://www.poemhunter.com/poem/maude-clare/。

婚姻自由。克里斯蒂娜·罗塞蒂的诗歌爱情书写主要体现在两方面：

第一，维多利亚时代女性所面临的爱情与婚姻的困境。克里斯蒂娜·罗塞蒂诗歌的爱情叙事所体现的爱情悲剧与爱情观，以《王子的历程》为例：

岁月如水，光阴似箭。
那是什么？透过门，只看见
双脚在前，脸被遮掩。
眼前的景象吓得他魂飞魄散，
新娘离开了凡间，
若想再见，除非新郎也升天？

蒙面人抬着她，
匆匆而去，没有喧哗，
只闻见没药[①]香在空气中弥散，
只听到新娘的名字被吟咏颂赞。
对新娘的赞歌越唱越响，
远胜火把的火焰光亮。
太晚，爱情已逝；太晚，欢娱难留，
太晚，太晚！
你在路上耽延太久，
你还在门口逗留。
受蛊的鸽子立于枝头，
孤独死去，没有配偶。
受蛊的公主在她的塔楼，
沉睡，安息于格栅窗后，

① 制作香料的植物。

她内心充满渴求，
你害她苦等没盼头。
……

《王子的历程》，悲剧式的爱情书写，是克里斯蒂娜·罗塞蒂借用《天路历程》的叙事结构，以戏仿的手法改写自《睡美人》，讲述了公主新娘苦苦等待王子来迎娶自己，然而，王子在迎亲的历程中，遭遇了种种诱惑，如挤奶女工的邂逅与挽留，鲜奶的诱惑；洞中老怪物邀请留宿，神药的诱惑；漫漫河水的阻隔，温柔的诱惑；又过了长河，翻越了高山，最后终于到达王宫，然而一切都太晚了，“太晚，爱情已逝；太晚，欢娱难留，太晚，太晚！你在路上耽延太久”，“受蛊的公主在她的塔楼”像“受蛊的鸽子立于枝头，孤独死去，没有配偶”。新娘等不到王子的到来，郁郁而终，“沉睡，安息于格栅窗后，她内心充满渴求，你害她苦等没盼头”。通过悲剧式的爱情叙事，书写维多利亚时代女性的爱情悲剧，表达了诗人对于女性爱情、婚姻的人文关怀。再比如《爱已死亡》：

爱已死亡，尽管它坚强如死亡，
来吧，在凋谢的花丛中，
让我们给它布置安息的地方。
青草种在它头旁，
再来块石头脚边安放，
在黄昏寂静的时光，
我们可以稳坐其上。
爱诞生于春天，
却夭折在收割之前；
在最后一个温暖的夏日里，

它毅然离我们而去，
不忍目睹秋日黄昏的灰暗与凄凉。
我们坐在它的墓旁，
哀叹它的死亡。
琴声低沉而悲凉，
我们和着来吟唱：
“凝视着青草，我们的目光，
岁月流逝，青草也披上忧伤；
那一切，历经久远的时光，
依然令我们联翩浮想！”①

第二，维多利亚时代女性摆脱困境、颠覆传统女性道德标准、解构传统文化对女性形象的女性叙事，如《少女之歌》《小妖集市》《爱情三重唱》等。对于克里斯蒂娜·罗塞蒂爱情观的传统研究，大多聚焦于前者，即女诗人所处的维多利亚时代女性所面临的爱情与婚姻的困境、对于真爱难觅的叹息、对于“灵肉合致”唯美爱情的企盼，而忽略了其诗歌之中觉醒的女性形象——她们冲破男权社会对女性的压制和严苛的双重道德标准，大胆勇敢地追求自己的爱情和幸福，也忽略了其诗歌之中所体现出的女性主义诗学观。《少女之歌》中赢得牧牛人、牧羊人和国王的爱情的三个女孩儿就是觉醒了的女性形象：

青春的梅芳心萌动，
迟疑了一会儿，暗自思忖：
“如果他像说的那样爱我”，
嘴角上泛起了一抹笑，

① 朱立华译自 *Goblin Market and Other Poems* New York: Dover Publications, Inc., 1994: 23。

"玛格丽特像耀眼的太阳，
而我就像黯淡朦胧的月亮。
如果梅根姐姐做出选择，
我也马上做出选择。
鸡叫时我们还是未婚姑娘，
中午时我们成了别人新娘。"
梅根说"是"，梅也没说"不是"。
……
当清澈的歌声停息，
当绵延的回响停息，
他立起身，露出皇家的威严，
要求娶她为妻。
于是，在久远的年代之前，
在一个匆匆的五月中，
三位少女被求婚成功。

与此"三女"形象相似，克里斯蒂娜·罗塞蒂在《爱情三重唱》("A Triad")中还塑造了另外"三女"形象：大胆追求爱情，不拘泥于传统道德禁锢，一个因爱而蒙羞；一个真爱难觅而逐渐变成慵懒粗俗的主妇；一个对爱情渴望得要死。

三女同唱爱情曲：一个嘴唇猩红，
那光彩照人的双颊与酥胸，
映照着金色的秀发与指尖；
一个在吟唱，雪练般柔滑的身段，
像一株显摆的风信子绚丽多姿；
一个寻求不到爱情而心情郁闷，
像刺耳而低沉的琴弦声，

因爱的重负而痛苦得哼哼。
一个因爱而蒙羞；一个真爱难觅
而逐渐变成慵懒粗俗的主妇；
一个对爱情渴望得要死。三女中
两个错把死亡当爱情，斗争之后战胜了他；
另一个像只胖胖的蜜蜂在芳香中发出嗡嗡声：
门槛三女立，聊赖无生机。[①]

四、女性自我意识的觉醒

女性主义的开创者西蒙·波伏娃提出，“为了要做一个和男人一样平等独立的人，女人一定要走进男人的世界，正如男人也要走进女人的世界一样。一切应该是完全对等的交流”。克里斯蒂娜·罗塞蒂生活的时代正是女性主义兴起的时期，处于失语状态的女性，作为第二性的“他者”，逐渐走向男性主宰的世界，开始意识到社会生活中存在的“女性问题”，同时女性的自我意识开始觉醒。她们意识到女性只有通过意识觉醒，才能对父权制度进行批判和反抗，才能构建全新的女性形象，才能拥有话语权和独立的身份认知，才能消除歧视，获得平等地位，进而达到改变社会的目的。

第一，女性“性自主权”意识。“性自主权”意识和爱情观一样，也是女性主义研究的核心聚焦之一。克里斯蒂娜·罗塞蒂所处的维多利亚时代是个“假正经”的时代，但是女性主义像春风一样使死寂的“禁欲主义”泛起了涟漪，正如凯特·米勒特在《性政治》一书中所论，“历史上第一次把伦理和性的双重标准，还有把娼妓制度作为两性不平等的问题提出来。因此，在维多利

① 朱立华译自 https://www.poemhunter.com/poem/a-triad-2/。

亚后期，就出现了比较宽松的自由性欲的风气”。[①]维多利亚时代的“女性问题”开始得到关注，文学作品中发出了女性主义的声音，再加弗洛伊德的“性是人类行为的本能冲动”观点、避孕和堕胎技术的发展，女性得到更多的性自主权。例如《微笑与叹息》：

微笑是因为黑夜的短暂，
和黎明带来的极度快活，
甜蜜地做爱，无害的嬉戏：
爱，创造和发掘它的财富；
爱，是笔无法估量的财富。
叹息是因为白昼的漫长，
漫长的日子在叹息中消磨，
心灵的重负使歌声哀婉忧伤，
时光拖慢本应飞逝的脚步，
我们活着却注定会死亡。

短诗中，诗人提出：“……甜蜜地做爱，无害的嬉戏：爱，创造和发掘它的财富；爱，是笔无法估量的财富。叹息是因为白昼的漫长，漫长的日子在叹息中消磨，心灵的重负使歌声哀婉忧伤，时光拖慢本应飞逝的脚步，我们活着却注定会死亡。”她认为“做爱”是甜蜜的、无害的，而并非“不道德”和“失体面”，没有性爱的躯壳注定会死亡。诗歌中可以听到女性的发声，听到对宗教禁锢女性的叹息，“禁欲主义”下女性缺乏性自主权的凄婉的哀怨，而这种叹息、哀怨有时比呐喊、疾呼更能撼动人性，体现了维多利亚时代女性对性自主权的渴望，渴望男女平等的性关系。再如《爱情花环》（“A Ring Posy”）中，女诗人对“假正经”提

① 柏棣主编：《西方女性主义文学理论》，桂林：广西师范大学出版社，2007 年：第 214 页。

出批评：

> 吉斯和吉尔两姑娘真耐看，
> 举止得体，身材丰满，
> 乌云般的卷发随风飘散；
> 可是我心中当然有数，
> 他爱我胜过卷发与珍珠。
> 我一点都算不上漂亮，
> 身材瘦小，面色蜡黄；
> 当吃力地行走在街上，
> 我不需要面纱去遮挡，
> 可爱情之神眷顾于我。
> 吉斯和吉尔能歌善舞，
> 伴着清亮的歌声，
> 像鸟儿一样翩翩起舞，
> 发出欢快的笑声，
> 可戴着花环的却是我。
> 吉斯和吉尔终将婚配，
> 一定会，一定会，
> 过五月奔六月爱已成熟，
> 正该趁热打铁利用机会，
> 却假装正经放慢了脚步，
> 爱情之旅终究由我领路。[1]

第二，女性的话语权与“身体”意识。维多利亚时代是一个男权社会的时代，女性没有自己的话语权，处于集体失语状态。

---

① 朱立华译自 https://www.poemhunter.com/poem/a-ring-posy/。

例如《王子的历程》中，贯穿全诗的都是王子的声音，从未听到新娘的声音，她处于失语状态。即使涉及新娘，也是第三者外聚焦式的叙述，侧面描述了新娘的端庄仪态、忧郁神情，自始至终，新娘从未发声，完全处于失语状态：

等到香枫与果汁飘香，
等到蓓蕾怒放，
岁月匆匆流淌。
睡了醒、醒了睡的新娘，
不见翘首以待的新郎，
但闻暗自啜泣与神伤。
……
“她的头边百合与玫瑰混栽，
百合凋零，玫瑰岂能独开？
银白的细瘦百合耷拉着脑袋，
缺乏溪水滋润，缺乏阳光日晒。
任阳光尽情照耀，任河流尽情流淌，
百合与玫瑰才会怒放。”

“她的脚下红白罂粟生根发芽，
血红地企盼着热烈而芬芳的仲夏，
包裹在毛茸茸的芽孢中妖艳典雅，
雪白的蓓蕾初绽，随时勃发，
将绽放出芳香催眠的夺命毒花，
红的，白的，谁先烂漫纷葩？”
……
昨日，她床上奄奄一息，
你就该为她哀伤悲泣。

今日，她已升天，
你为何徒然泣涕涟涟？
不，我们爱她就不该恸表哀婉，
该为她高贵的头顶戴上花冠。
让我们抛撒罂粟花，
你的玫瑰太妖艳，
让罂粟花剪下飘洒，
绝非为你留残念。

即使女性作家所使用的语言本质上也是男性语言，是男权意识的载体，承载着男权价值观。在男性语言里，女性无法发出自己的声音，没有自己的价值立场及其具体的传达形式。女性身体上，会受到来自男性世界的暴虐。然而，随着资本主义社会的发展，女性逐渐认识到社会的问题以及自身的问题，自我意识开始觉醒。例如，克里斯蒂娜·罗塞蒂的儿童叙事长诗《小妖集市》，叙述了女性所受到的语言诱惑、堕落、身体虐打、救赎并得以获得新生的事件（摘取几小节）：

"宝贝，你不该耽搁这么久，
月黑风高对女孩不利，
你不该在峡谷逗留，
那是小妖出没之处。
难道你忘了珍妮啦？
月光下她怎样碰见他们，
选取了他们的很多礼物，
吃了他们的鲜果，
戴着他们从背阴地采来的花，
尽管一天天逼近炎炎盛夏。

可到了月夜之时，
她就消瘦而憔悴。
日日夜夜去把小妖寻找，
找不到她就变得枯瘦而衰老。
第一场冬雪簌簌飘落，
冬日里没有了葱葱青草，
她的生命也就此画上了句号。
一年前我在那儿种了雏菊，
可它们从未绽放。
你不该那样游荡。”
……
劳拉身体冰凉像石头
当得知只有她姐姐能听到叫卖声，
那小妖的叫卖声，
“来买我们的水果吧，来买吧。”
难道她再也买不到如此可口的水果吗？
再也找不到如此肥美的牧场
而变聋变瞎？
她的生命之树自根部枯死，
内心的剧痛使她憋不出一个字，
唯有凝望着黑暗，两眼一抹瞎。
……
直到劳拉日渐消瘦，
一脚就要踏进鬼门关的时候，
莉齐不再考虑后果
是好还是孬，
而将一便士银币装入钱包，
吻过劳拉，穿过荆豆丛生的石楠树丛，

黄昏时分，她停留在小溪旁，
于是第一次在她人生中
开始了倾听和观望。
当小妖们侦查到她在偷看，
他们个个都在窃笑，
朝她走来，或步履蹒跚，
或轻飞，或急奔，或欢跳，
或吁吁气喘，
或轻笑，或拍掌，或欢叫，
或咯咯地笑，或嘎嘎地叫，
或蓄乱发，或扮鬼脸，
作势装腔，
或把脸抻得歪歪斜斜，
或一本正经板着苦脸。
……
他们开始挠头，
不再喋喋不休，不复叽里咕噜，
很显然表示了不满，
时而嘟哝，时而咆哮。
一个说她傲慢，
乖戾，没礼貌。
他们的音调越来越高，
他们的模样非常凶暴。
他们甩着自己的尾巴，
将她推搡，将她踩踏，
将她肘击，将她拽拉，
他们用指甲挠抓，
在吠叫，在喵叫，在嘶鸣，在嘲笑，

撕碎她的衣服，弄脏她的长袜，
连根扯断她的头发，
在她柔嫩的双脚上蹂踏，
捉住她的手并将他们的水果
硬塞到她的嘴里让她吞下。
……
劝诱她，挑逗她，
威逼她，哀求她，
抓挠她，掐捏得她浑身发紫如墨水，
踢打她，敲打她，
暴虐她，嘲弄她，
但莉齐一个字也没吐露，
也绝不会将朱唇微启，
以免他们给她塞入满嘴水果，
但内心窃喜因为她感觉到滴滴
果汁涂满了她整个面颊，
她酒窝里还存有残留物，
脖子上流下的条纹抖得像凝乳。
最后那帮邪恶的家伙
被她的抵抗整得疲惫不堪，
扔回她的银币，踢翻自个的水果，
不管他们沿着哪条路走，
没丢下任何根茎、果核或枝条。
一些小妖扭动着身躯钻入地底，
一些潜入了小溪，
泛起了波纹和涟漪，
一些在大风中掠过而没有一点声音，
一些消逝在远处不见踪影。

这是一首儿童叙事诗，也是一篇神话寓言故事。在摘取的第一小节中，姐姐莉齐警告妹妹劳拉不许买小妖的“禁果”，另外一个女孩珍妮就因为吃了小妖的“禁果”而香消玉殒，她的生命也就此画上了句号；第二小节中，警告为时已晚，妹妹劳拉已经身体冰凉像石头，生命之树自根部枯死，一脚就要踏进鬼门关；第三小节中，为了拯救妹妹，姐姐决定冒险去找小妖；第四小节中，姐姐遭到小妖的虐打；最后一节，姐姐坚贞不屈，最终获得了挽救妹妹的果汁解毒剂，而小妖们则被她的抵抗整得疲惫不堪，四散逃窜。

克里斯蒂娜·罗塞蒂塑造的女性形象，体现了以下几个方面的女性主义诗学观：

其一，女性时常面临来自男性世界的诱惑。象征着男性世界的小妖，“每个黄昏和清晨，两少女总能听到小妖的叫卖声”：“来买吧，来买吧。”而他们的水果象征着“禁果”，面对诱惑，姐姐坚守情操，妹妹不幸堕落。拯救妹妹表现出诗人的救赎意识，但不是自我救赎意识。

其二，女性作为“他者”或“第二性”，没有平等话语权。《小妖集市》中小姐妹和小妖的权力关系不对等，没有同等的话语权。虽然其所发出的声音比较弱，但至少已经发声，开始扮演女性该有的角色，初步确立了女性自我身份的认知。

其三，“身体”关系不对称。女性的“身体”受到来自男性世界的暴虐：小妖们“将她推搡，将她踩踏，将她肘击，将她拽拉，他们用指甲挠抓”，“撕碎她的衣服，弄脏她的长袜，连根扯断她的头发，在她柔嫩的双脚上踩踏，捉住她的手并将他们的水果硬塞到她的嘴里让她吞下”，而女性则毫无还手之力。

其四，女性抗争必胜信念。姐姐作为克里斯蒂娜·罗塞蒂笔下女性主义者的代表，坚贞不屈，挫败了小妖，赢得了女性的尊严，体现了女性自我意识的觉醒和克里斯蒂娜·罗塞蒂对于女性的人文关怀。

此外，克里斯蒂娜·罗塞蒂诗歌也体现出女性不平等的经济地位。例如《小不点老公》（“Wee Wee Husband”），运用戏谑的口吻，讲述了一个女人，向老公要钱，却遭到了拒绝。虽然话题并不严肃，但也可以看出维多利亚女性被禁锢在家庭之中，生儿育女，没有经济地位，这也算是一个“女性问题”：

小不点老公，
给我一点钱，
我没有糖果，
我没有蜂蜜。
小不点老婆，
我可没有钱，
吃不起牛奶、肉、面包，
买不起糖果、蜂蜜。

综上，本章主要在女性主义叙事学视角下，分析了克里斯蒂娜·罗塞蒂诗歌中所体现出的女性主义诗学观，以及克里斯蒂娜·罗塞蒂对于女性的人文关怀。

当然，有关克里斯蒂娜·罗塞蒂诗歌中的女性声音，还存在另外一些“声音”，包括“女同志论”和“女性觉醒与上帝崇拜矛盾论”等。例如，有学者采用“女同志论”来分析《小妖集市》中两姐妹之间的亲昵举动，如“像两只鸽子偎在同一巢，翅膀相挽相抱”“面贴着面，胸抵着胸，她们蜗居于同一窠巢”等，观点虽新颖，但那只是贴了一个“女同志论”的理论标签，尚不具有学术价值。同时，也有学者提出，克里斯蒂娜·罗塞蒂对于女性的关怀和对上帝的虔诚具有矛盾性：她既渴望女性能像男性那样受到教育，又怕教育会使女性思想自由而不顺从上帝。

总而言之，克里斯蒂娜·罗塞蒂首先是一位“与上帝交流”的维多利亚女性，然后才是发出了女性主义声音的诗人。[①]虽然她的“痛苦随肉身而去”，但是她的“美感携诗歌永存”。[②]

---

① 李利红：《克里斯蒂娜·罗塞蒂作品中夏娃形象及女性观》，载《沈阳农业大学学报》，2010 年，第 4 期。

②〔英〕克里斯蒂娜·罗塞蒂：《小妖精集市》，殷杲译，南京：江苏人民出版社，2015 年：第 125 页。

附录一　王子的历程

——克里斯蒂娜·罗塞蒂
（朱立华　译）

等到香枫与果汁飘香，
等到蓓蕾怒放，
岁月匆匆流淌。
睡了醒、醒了睡的新娘，
不见翘首以待的新郎，
但闻暗自啜泣与神伤。

“寒来暑往，多少时日还需等待，
伟岸的王子才会赶来？”
（她的侍女们答道）“定有高山阻碍，
定有长河挡道。安睡吧，入梦吧，别醒来。
安睡吧，我们会压低钟响，
有梦总比啜泣强。”

“天涯”宫中，健硕的王子安详，
坐在软榻之上，
身边散落衣帽与权杖。
“动身吧，年轻人，还要新娘等多久？”
“又是月圆之时，我不能再逗留，

此刻我真上路。”

“首先请实话告诉我
我的命运，我那蒙面的如花新娘，
无论欢娱忧伤，
无论沉睡清醒，她都会一直守望？”
“意乱情迷的她在一间白色的卧房，
痴情地等待你这新郎。”

“她的头边百合与玫瑰混栽，
百合凋零，玫瑰岂能独开？
银白的细瘦百合耷拉着脑袋，
缺乏溪水滋润，缺乏阳光日晒。
任阳光尽情照耀，任河流尽情流淌，
百合与玫瑰才会怒放。”

“她的脚下红白罂粟生根发芽，
血红地企盼着热烈而芬芳的仲夏，
包裹在毛茸茸的芽孢中妖艳典雅，
雪白的蓓蕾初绽，随时勃发，
将绽放出芳香催眠的夺命毒花，
红的，白的，谁先烂漫纷葩？”

丝丝忧伤的腔调似哀号，
阵阵快乐的声音随风飘，
“时光短暂，生命短暂”，他们继续说教：
“生命美好，爱情甜蜜，珍惜今日；
爱情甜蜜，明日易逝，

爱情甜蜜，珍惜今日。”

歌声飘过，谦恭温顺，
王子的面颊泛起一抹红晕，
起身四处找寻，
赐予他快乐历程的力量。
四肢强壮难掩内心彷徨，
在路上。

晨风中他踏上征程，
穿越绿色的田野，玉米摆动迎风，
王子如此优秀，一如既往，
与百灵鸟一道欢唱，
夜幕降临前，他将
赢得他憔悴的新娘。

他轻盈的步伐，灿烂的笑容，
只见阶梯旁徘徊着一位挤奶女工，
她放下木桶，
片刻小憩，卷发波光闪耀，面颊白里透红。
王子行走了没多时刻，
看到挤奶女工就感到了饥渴。

“可以给我来杯早茶？”
“行啊”，她笑着回答。
他捧起奶桶，痛饮鲜奶，
把绸缎般的黑色虬髯擦了擦。
“这头母牛最洁白，

你肯定喝了它的奶。”

是牛奶，还是奶油?
是美女，还是梦魇?
她的眼睛里波光闪闪。
他本可以去，但选择了留，
他看到了她眼中的渴求。
她说道：“给我报酬”。

“我将给你黄金珠宝。”
“不，黄金又沉又冷，我不要。”
“我会给你一件丝绒外套，
来妆饰你的美貌。”
“我更喜欢我那轻柔的白围巾，
在我的香颈缠绕。”

“不，”他喊道，“你该得到报酬”。
她笑道：“除非你九天揽月给我，
不然就在苹果树下停留，
整整一天陪我身旁。
然后我就让你走，
外面的世界多宽广。”

不愿留，趁她不备就要溜，
刚要走，忽而掉转头，
不愿失礼，不能溜走，
只为那高贵的信誉不可丢。
天空风卷黑云漫漫，

天际如焰红云，迸裂灿烂。

苹果树荫下，他四肢伸展，
躺着和那个女孩笑谈，
女孩的秀发编成精巧的花篮，
飘飘然，亮闪闪，如蛇尾回环。
从白天到夜晚，
他陷入她的圈套，无法摆脱纠缠。

死寂暗夜迎来黎明破晓，
猫头鹰停止了嬉闹，
蝙蝠在僻静处悬吊，
唤醒万物的晨曲发自画眉山鸟，
天空的颜色像灰白呢子一样，
渐变成珠母般的光亮。

看雏菊
遍地，
云雀高飞，
向着太阳袒露心扉。
月亮，端庄美丽，
天际之西，缓缓隐去。

“起，起，起”，守望的云雀鸣叫，
“听，听！”它的丽音犹如起床号角。
“志向越高，飞得越高，
起床，懒虫，天已破晓，
如果夜幕降临还睡觉，

你又得等到明早。”

“起，起，起”，喊声悲喜交集，
“不要像砍伐的大树倒地不起，
倘长久宽衣而卧，耽于美梦之中，
必以噩梦告终。
不要倦怠，不要懒散，
不要迟缓。”

他又动身。青草稀疏，
阴暗的空气中一片荒芜，
仅有的苔藓暗淡稀疏，
雏菊皆为矮株。
身后，贫瘠泥土，
眼前，更是一片光秃秃。

脚下的黑土，沟沟壑壑，
坎坎坷坷。
溪水流淌，
被裂缝中的锈染成褐色。
脚踏沙石之上，
叮当作响。
此处，没有情爱，没有生机，
没有一丝生活的气息。
唯有蝎子颠簸在沙土里，
黑如铁，灰如尘，
陡峭的岩壁，
蝎子藏身。

此处，没有生命，没有死亡，
没有建筑，没有风尚，
没有生死迹象。
无人来，无人去，
无人事，无人语，
无人气。

定是古老火山喷发，
撕裂熏黑了地壳。
尘埃下，猛扭它撕扯它，
地表上，溶化口沸腾咆哮。
地火喷发，
巨大的推力拱起了地壳。

过去未来，杳无人迹，
王子好热闹，怎堪忍受这无聊之地。
他迟疑地四处环顾，
无垠，迷惘，冷酷。
孤独正在等着他，
令他退缩害怕。

凸岩裂缝旁，
耽延半晌，
环顾左右，悔恨忧伤，
性情改变，嘟嘟囔囔：
“天道多艰，人生无常，
好运尚能眷顾于我。”

昼夜交更，模糊不清，
黑夜不暗，白昼不明，
他还能找准方向蜿蜒前行，
走啊走，行啊行，
长路郁闷无止境，
直到有天晚上迎来了光明。

光线从咧着大嘴的洞穴射出，
犹如墓穴里忽闪着血红的眼目。
无人招呼，
那些步履沉重的旅客在此歇足。
即使洞中都是粗俗恶徒，
王子也想借宿。

匆匆进洞，不敢耽搁片刻时光，
一处一处，仔细端详，
找寻洞中光亮。
一个腰背佝偻的老怪物，
正在呆视一只烧开的水壶，
稀里糊涂。

他看起来确是矮小，
肮脏的、扭曲的十指相绞，
皮肤僵直，鼻子如钩干瘦，
敏捷、狐疑、颤抖。
眯着双目，
日光刺眼难忍受。
一切如此陌生，王子瞅着，

直接提出请求：
“老爹，可以让一位疲惫的旅行者，
在您这儿住一宿？
此地旅馆如此难找，
旅客如此稀少。”

老人扭头不愿听他讲，
苍老的声音山间飘荡，
（发抖的叫声洞外回响）：
“劳动获报酬公平合理，
想用我的东西，
你必须付出努力。

与世隔绝，
已近百年，
为火添薪，长夜难眠，
唯恐我那神药蒸发熬干，
正在熬煎的仙丹，
还有一剂配方亏短。

倘若真要住我的房，
你得帮我拉风箱，
太沉了，我这老骨头真是没法，
拉啊，不停地拉，
直到玫瑰色的药汤，
冒出滚滚热浪。

到时我的一切你随便挑，

我会给你生命，如果你想要，
老朽将踏上黄泉之路，
先得自个喝个够。
余下的归你，
你想救谁就救谁。”

“成交，”王子道，交易妥当。
他把松脂柴火堆放，
拉动风箱，满怀希望。
“生命如此美好，恋人和我
将长生不老，”他暗思量，
“纵然耽搁时日，她定会原谅。”

锅已沸腾，冒泡不停，
老人撒入了油和香精，
用金银铁三重线圈，
上下翻动搅拌，
撒了一撮圣土，
烧旺了炉火。

水汽缭绕吐白雾，
昼夜更替不停步，
老眼昏花分不清，
头脑迟钝辨不明。
生命或离他而去，
死神定与他相聚。

百年过后，

他断线的生命走到尽头。
死神折断了他的破旧工具，
折弯了他拌药的身躯。
（他仍然像头骡子，难以压垮）
一言不发。

老怪物最终难逃魔爪，
尸体躺倒，
手臂下垂，手指在药汤里浸泡，
突然一抹玫红飘摇，
映红的水汽袅袅，
在尸首旁缭绕。

终于一剂配方加入药汤，
（死人不会犯错或撒谎），
王子跃起，把无数次推拉的风箱
撇在一旁，
验证它主人已死亡，
再灌满一小瓶药汤。

“就待一晚”，王子想：
“明早就动身，伴随初升太阳，
无论风吹雨打，
我将早起出发。
当我赢得新娘，
我们将共饮长生不老的药汤。

逝者长眠于坟墓中，

在他自选的洞穴中，
他在墓穴中发怔，
自己是傻，是恶，还是追求实诚。
而外面的王子正渴望，
睡在地上。

“如果她在守望，让她快快睡去，
睡去吧，别等了，因为道路崎岖。
他还能安睡，把她看得不是很金贵，
睡了醒，醒了睡。
种因得果，
让他播种苦果。”

花园里玫瑰飘香，
花开花谢无人赏，
多么希望有人识得芬芳，
能让它尽情绽放，
多么希望他花园里长满带刺荨麻，
让他得到惩罚。

睡梦中召唤声响起，
在他耳畔如诉如泣。
慢慢地他醒了，浑身隐隐作痛，
本能地将身体抖动，
但见远处绿色枝条垂挂，
虽然太迟，他还是向着远处进发。

穿越黑色的土地，

他再也不用看那片冷酷之地。
花团锦簇的地方呈现眼前，
美好的时光重现。
怀抱长生药瓶，
继续前行。

林荫道，垂柳飘飘，
一只翠鸟在筑巢，
绿色原野广袤，
红棕田鼠奔跑。
徘徊良久，最后在深溪里洗澡，
哈欠连天，等待同伴赶到。

山巅之上，人影难觅，
峡谷之中，全无踪迹，
树叶，除了树叶，没有别的东西。
哦，不，至少那儿又来了一位姑娘，
身背酒壶，嘬饮浅尝，
这酒定会使那宴席更排场。

他悄然跟随，肢体慵懒；
神情忐忑，随时准备回转。
最终河床突然拐弯，
急流深水冲刷裸露堤岸。
山涧飞流急湍，
水雾漫漫。

高山深涧，

激流涌动，水花飞溅，
如雨雪之后的山洪激流，
咕咕冒泡，浪花撞击，
激荡横扫，水流湍急，
为了活命，他在水中奋力搏击。

目光黯淡，哪儿是出路？
头晕目眩，该往何处游？
飞流倾泻，似炸雷，震耳发聩，
浪花飞溅，如响鞭，令其窒息。
生命甜美，死亡阴郁，
该往何处游，何处游？

半空一道电闪，岸边一声莺啭：
"游过来，游过来，这儿可上岸！"
手已没入水中，药瓶依然紧攥。
他抓住，滑落，终将绳子紧抓，
稀松的沙地上双脚打滑，
还有生命吗？还有希望吗？
好险哪，气息奄奄，脉象微弱，
与死神擦肩而过。
浓郁柳荫下，湿滑草地上，
他静静卧躺。
（哦，任你年轻甜美，新娘，
他却踟蹰不前，你那新郎。）

温柔的双手轻抚，
悦耳的声音细柔：

“我，搓热他的双手，
你，撩开他的发，抬起他的头。”
（众人欢笑，你独忧伤，
继续睡吧，新娘。）

王子得到照料，一丝不苟：
一人清理他的乱发，泥水渗漏，
两人一直搓揉他的手。
一人托举他侧向一边的头，
直到他睁开空洞的双目，
相对凝眸。

哦，朦胧中一张圆月的面颊，
轻柔的抚摸，可爱典雅，
动情中一丝柔声飘过耳旁：
“逃离了那长河，奔向海洋，
河流蜿蜒，河水冰凉。
和我一起，你将幸福安康。”

头顶飞鸟呼唤同伴，
四周走兽嬉戏游玩，
有人接口说道：“和我们同在，你很平安，
阁下，亲爱的朋友，和我们同在，你很平安。
经历了长久的等待，
甜蜜幸福定会到来。”

倘若他留下思量察看，
他定会超越常人变得非凡，

而他却如年轻人一般，
抱怨明日的辛劳与艰难，
任由珍贵的今日流失，时光荏苒，
犹如流淌的沙滩。

流逝，飞逝，
由生至死无以数计的时日，
多少时光匆匆流逝，
直至最后一刻时光，
匆匆流淌，
直至最终死亡。

一生，死，死亡才是最终归宿，
如奔腾的滚滚长河一去不返
如逝去的鲜活生命永不回还，
如秋后的垂死年华难以反转，
昨日，今朝，明天，
永不复苏。

出发的日子终于到来，
最后的话儿尚需表白，
缥缈的哭声远方传来。
责骂的哭声，
犹如鼓角催促他再踏征程。
哀怨的哭声耳畔喧腾：

“有生命吗？灯枯油干，
有希望吗？心上人的脚步如此缓慢。

早已许下的姻亲诺言，
何时才会兑现？
她曾以泪洗面，
而今是生还是死？睡得昏昏然。

是生？是死？她
如一朵枯萎凋零的百合花，
似一只濒临渴死、气息奄奄的鸟啊，
像一株可爱的葡萄藤失去支架，
又如一棵树，主人对发狠话：
“今日砍掉它。”

王子被这些话深深刺疼，
于是重新踏上烦闷的征程。
趟过浅滩，
翻越陡峭的对岸，
暗自发誓，今日历尽艰辛，
明日享受安宁。

前面一座皱眉的山峰高耸，
山脚下，乱石嶙峋，直插峡谷之中，
山顶上，山峰加冕，积雪重重，
伟岸的身躯遮蔽在浓云之中。
隐隐一条小路，即使是野山羊
都不知其有多宽多长。

而他意志坚强，浑身是胆，
即便娘家人百般刁难，

他也勇敢面对，一切看得平平淡淡，
罩着青春与骄傲的光芒，
不惧明枪易挡，但恐暗箭难防。
哦，他来了！新娘！

他攀到山羊都不愿去的地方，
连老鹰都拢起了翅膀，
跨越绿色边缘，那里尚存生命迹象，
那里寒冷超越了阳光，
他如同一道烈焰，在奋力攀登
那连手脚都不知往哪搁的山峰。

爬过荒芜而昏暗的缝隙，
老鹰都累得中途放弃，
白云远远甩在脚底。
直到将巅峰征服，
直到气喘吁吁，毫无力气，
他才停下了脚步。

眼前豁然显现一条峡谷，
美酒、精油和面包，丰美富庶，
果树缀满甜甜的水果，
鸟儿与伴侣缱绻缠绵，
珠宝与黄金光彩耀眼，
遍地可见。

山坡上，
（绿野间，道路宽敞）

耸立着高贵新娘的闺房，
全是由猫眼石建成，剔透玲珑，
直到现在，这样的皇宫
仅仅闪现在梦中。

忆往昔，英勇果敢，
看今朝，犹疑迟缓，
顾虑重重，步履蹒跚，
难道时日还不晚？难道天空没变暗？
啊，红红的玫瑰，
她会对他敞开心扉？

在头顶上，酒红的玫瑰，
羞红了脸，落英缤纷，熠熠生辉，
含苞的蓓蕾，初绽的花蕊，
辉映了藤叶、苔藓、荆棘。
手摘玫瑰留余香，
露珠滴落湿罗裳。

鼓起勇气！（那瓶）长生药剂
将帮他追到娇妻。
若她嗔怪，那也是恋人间小吵小闹，
很快就会和好。
随口的话语永远不会
变成割舍爱情的快刀。

远眺王室领地，
露珠滴滴，香风习习，

毫不费力，他将立在新娘门旁，
经过这一切努力，
快乐来得如此容易，
很快他将赢得可爱新娘。

他放慢了脚步，门口徘徊，
她是醒？是睡？天色已晚，
她在睡觉？观望等待？
眺望金色的格栅，望眼欲穿，
不停的歌声哀怨凄婉。

奔向宽大的金色门廊，
去找海誓山盟的新娘，
轻启金属般僵硬的窗帘，
他们凝视着对方的脸，
她温柔恬静，他得意扬扬，
时光飞快流淌。

岁月如水，光阴似箭。
那是什么？透过门，只看见
双脚在前，脸被遮掩。
眼前的景象吓得他魂飞魄散，
新娘离开了凡间，
若想再见，除非新郎也升天？

蒙面人抬着她，
匆匆而去，没有喧哗，
只闻见没药香在空气中弥散，

只听到新娘的名字吟咏颂赞。
新娘赞歌越唱越响，
远胜火把的火焰光亮。
太晚，爱情已逝；太晚，欢娱难留，
太晚，太晚！
你在路上耽延太久，
你还在门口逗留。
受蛊的鸽子立于枝头，
孤独死去，没有配偶。
受蛊的公主在她的塔楼，
沉睡，安息于格栅窗后，
她内心充满渴求，
你害她苦等没盼头。

若是十年前，五年，
哪怕是一年前，
甚至是你能按时赶到，
而不耽延，
你就能看到她的音容笑貌，
可惜你再也无法看到。
冰冻的泉水本可喷发，
花蕾本会生花发芽，
温暖的南风苏醒后将把
冰雪融化。

她倒下还那么妩媚？
曾经的她多么美丽，
金粉点缀金发，即使作女皇，

她配得上任何高贵的国王。
而现在卷发上罂粟花飘洒，
她一定佩戴了白色罂粟花。
轻纱遮覆面庞，
脸上镌刻渴望，
抑或最终所愿得偿
而擦除了哀伤？

从未见她嫣然欢笑，
从未见她蹙眉生恼，
她的床好像从来不觉柔软，
尽管铺满羽绒锦缎。
她无心打扮，
无意长袍短裙花环。
美丽的花冠下，
愁白了的娥眉，隐隐作痛，
漂亮的棕发中，
抽出了的银丝，徐徐飘动。

从未听她语气急躁，
从未听她语调烦扰，
言行自已，
举止得体，
滚滚红尘的喧嚣，
无法搅扰她内心的静谧。
手不曾慌，
脚不曾忙，
不曾欣喜若狂，

不曾遇事慌张。

昨日，她床上奄奄一息，
你就该为她哀伤悲泣。
今日，她已升天，
你为何徒然泣涕涟涟？
不，我们爱她就不该恸表哀婉，
该为她高贵的头顶戴上花冠。
让我们抛撒罂粟花，
你的玫瑰太妖艳，
让罂粟花剪下飘洒，
绝非为你留残念。

附录二　少女之歌

——克里斯蒂娜·罗塞蒂

（朱立华 译）

久远的年代之前，
更久远年代之前，
三位快乐的少女，
住在远处的山上。
个头高挑的梅根，
精致、优雅的梅，
美丽的玛格丽特，
美啊，妙不可言，
久远的年代之前。

梅根摘了刺玫瑰，
梅揪了野蔷薇，
多半的飞鸟飞来打量，
多半的走兽前来端详，
多半的溪中鱼儿，
飞快地游来大加赞赏。
玛格丽特摘了朵旗花，
摘了朵红似火的罂粟花，
那些走兽和飞鸟，

那些游鱼儿，
来到她柔软似雪的手中。

草莓嫩叶与五月露珠，
沐浴在空气清新的早晨，
草莓嫩叶与五月露珠，
让少女更加动人楚楚。
一天，梅根说道：
“我去把草莓叶采摘，
美丽的玛格丽特在家等待，
但是，梅，你跟我来；
上山，下山，
沿着蜿蜒曲折的山路，
你我早已驾轻就熟。”
这两姐妹，白皙漂亮，
怀揣朴实纯真的愿望，
绕着这世代居住的小山，
上山，下山，往来复返。
此刻，玛格丽特，美貌无双，
独坐家中，宛若女王，
如羞涩的玫瑰，似皎洁的月亮，
洋溢着神圣的光芒，
散发出牛奶般的馨香，
或田野中豆花的芳香，
她生来小鸟依人，
优雅犹若常春藤，
坐在那，哼着歌儿，补补缝缝。

她的明眸向上看看，
一只小动物在门口窥探，
她的明眸向下瞅瞅，
一条小鱼儿在地上喘气，
她的明眸向外瞧瞧，
窗台上落一只小鸟，
鸣出爱的心声，
鸣啭啁啾，
低沉的祈求。

梅、梅根，步态轻盈，
寻找最合适的地方，
长满一片片的百里香。
此刻，天气愈加闷热，
她们坐下小憩，怡然自乐，
文静典雅，温婉大方。
可爱的少女或远去，或来到近旁，
而玛格丽特没在这个地方，
她正独坐家中缝衣、吟唱。

夕阳映红了她们秀丽的面颊，
清风抚弄着她们飘逸的秀发，
草丛里爬行的小动物，
对她俩这儿挠挠，那儿摸摸。
梅根吹奏欢快的小曲，
她在随性吹奏，时断时续。
鸟儿在树梢上啁啾，
梅也在欢快地吹奏，

甜蜜优雅宛如清流。

山谷中，牧牛人匆匆而上，
势如烈焰，锐不可当，
卷发飞飘，
如火光闪耀。
没向北看，不向南瞧，
没向东瞅，不向西瞄，
他只坐在梅根的脚下，
如相思鸟栖息在鸟巢，
无声敬畏中，追求她，
无言惆怅中，追求她。
她的歌，湿润了他的眼睛，
唱出了他的心声，
他爱上了她，温情地倾听。

她唱出了他的心声，
敲开了他的心扉，
他似乎手脚不动，脉搏不起，
直到她的歌声停息。
他立起身来，
用简朴诚挚的话语表白：
“我没有什么礼物给你，
不会花言巧语追你，
但我有拼搏的毅力，
有颗赤诚的心给你，
我去或留取决于你。”

梅根暗自思量：
“跟着他，我就是老大，像女王，
胜过玛格丽特待的地方，
她的光芒使我黯淡无光，
不管我多么漂亮，
我只能是老二，只要有她的地方。
我将是他挚爱的女人，
我是他宠爱着的女人，
我是他牧群的女主人，
我在家和他夫唱妇随，
将小孩养大牛儿喂肥。

牧羊人匆匆而下，高坡上，
向下眺望，
（后面紧跟白色的小羊，
驱赶它们的是爱情和牧羊杖）。
没有朝东，没有向西，
没有朝北，没有向南，
他径直跪在梅的面前，
爱上她吟唱甜曲的小嘴儿，
忘了他气喘吁吁的羊群儿，
在久旱、干裂的山坡上，
忘了自己的幸福或忧伤。
她的歌儿时而温婉时而悠扬，
她的性格时而扭捏时而开朗，
声音颤动迷惘，
顿挫抑扬。

似清澈溪水潺潺，
如嘤咛蜜蜂温婉，
像狂野寒风惊颤，
孤独地穿越林间。
似林鸽情意绵绵，
将爱情深藏心田，
然而鸽子的咕咕叫声，
似音符流淌时高时低，
暴露了它深藏的秘密。

他吻住了她，上气不接下气，
虽口不能言，但听得很清晰，
不言，不思，不想，
时空陷入一片沉寂。
终于他伸出双手，开始说话，
这儿指指，那儿画画：
“瞧瞧我的绵羊，还有小羊，
它们生了双胞胎小羊。
我的爱，我的羊，
我的一切都给你，
你甜美的歌打动了我。”

青春的梅芳心萌动，
迟疑了一会儿，暗自思忖：
“如果他像说的那样爱我”，
嘴角上泛起了一抹笑，
“玛格丽特像耀眼的太阳，
而我就像黯淡朦胧的月亮。

如果梅根姐姐做出选择，
我也马上做出选择。
鸡叫时我们还是未婚姑娘，
中午时我们成了别人新娘。”
梅根说“是”，梅也没说“不是”。

漂亮的玛格丽特独自在家，
一会儿吟唱，
一会儿静坐，暗自思量：
“姐妹们闲逛了太久。”
闷热的正午过来日头，
地上的影子变淡变长，
“当然，”她心里想，
“姐妹们闲逛的时间太长。”
她立起身，向门外张望，
耐着性子坚持在等，
远处飘来夜莺的幽叹，
那是在抱怨它的侣伴。
她沿着斜坡走下花园，
来到花园的小门，
斜倚着栏杆继续等。

她的双眸将那个斜坡点亮，
恰似夏日闪电的光亮，
像冉冉升起带光环的月亮，
将她闪光的头发照亮，
而她的脸像太阳一样明亮，
黎明闪现白玫瑰光亮。

她犹如加冕了权威的王冠，
凝视着夜色阑珊，
上下扫视着那座小山，
向左瞧瞧，向右看看，
好似荧光忽闪忽闪。

她疲惫地等待，
聆听那夜莺的倾诉，
如果有人留意，
这是个古老的幽怨故事。
她提高调门开始吟唱，
和鸟儿唱和。
她提高调门开始吟唱，
春天的鸟哪能够唱出，
像她如此美妙的音符。

那个国家的国王，
骑着他的戴着琥珀嚼子的骏马，
时而跑到跟前时而奔向远方，
只听得马蹄飞扬阵阵声响。
后面紧跟着王室成员，
侍卫、骑士和贵族。
他头戴王冠，
手执权杖，
拜倒在玛格丽特膝下，
尊贵的国王，
躬身向她表达仰慕之情。

小动物、鸟儿、鱼儿，
聚拢过来，听到声响，
小伙儿，大姑娘，
来自周边十里八乡。
梅根挽着牧牛人的臂膀，
沿着小山的一旁，
梅和牧羊人相依相傍，
后面追着一群牛和羊。
爬坡时，没有谁脚步发软
没有谁脑袋晕眩，
脚步迅捷，毫无迟缓。

玛格丽特在家唱着歌，为她的姐妹，
为她们的美满姻缘，
为空中自由的小鸟，
为地上的小动物，
为浮游的小鱼儿，
为自由呼吸的生灵，
为远方的和近处的，
为她心爱的恋人，
为朋友也为敌人而唱歌。

为金色胡须的国王而歌唱，
就在她的脚下，
为默默跪在那儿的他歌唱，
无论多么甜蜜，多么忧伤。
当清澈的歌声停息，
当绵延的回响停息，

他立起身，露出皇家的威严，
要求娶她为妻。
于是，在久远的年代之前，
在一个行事匆匆的五月中，
三位少女被求婚成功。

附录三　无名的莫娜

——克里斯蒂娜·罗塞蒂

（朱立华 译）

其一

回我身边来，我在守望着你，
毕竟时过境迁，要不回来也可以，
你很久没有回来了，
很久了，快乐啊，我哪里去寻找。
而你不来时，我就一直在想：
“他来之时，是我最甜蜜的时光。”
那个男人是我的整个世界，
茫茫人世作证：爱人啊，你就是我的世界。
然而遇见你几乎是一种苦痛，
一种离别很快就到来的苦痛。
我的希望阴晴圆缺，像月亮一样，
在那美妙的时光，我们相遇天堂。
生活你说甜蜜就甜蜜，
啊，我唱的歌在哪里？

其二

我多么希望我依然记得
你我初次相遇的那天，那时，那刻，

无论那个季节是明亮或黯淡，
无论是夏天还是冬天，
它悄悄溜走无声无息，
我像瞎子没看见，未预见，
像呆子没留意树上的新芽，
这树多年五月都不曾开花。
要是我真能回忆起它，
那相遇的日子，让它去吧，
像雪一样无影无踪地融化，
它的意义对我可小可大，
我更愿独享那美好回忆，
初次相遇，手拉手，我跟他。

其三

我梦见你醒了，但我更愿意
梦见你不是醒来，而是昏睡。
梦中就不会发现爱侣的离去，
恰似夏日过后夏鸟匆匆飞离。
幸福的梦里我当面拥抱着你，
羞红了脸，醒着时苍白的面庞
梦里比最明媚的阳光还要明亮，
梦里你的微笑使黑夜变天亮。
只有梦里我们合为一体，
只有梦里我们才奉献和接受
忠诚，使接受和奉献者更加富有。
因此，如果睡觉比醒着更甜蜜，
那么，死亡肯定比活着更甜蜜，
尽管太阳底下没有什么更新奇。

其四

我先爱上你，然后你的爱远胜于我，
爱情之歌嘹亮，
仿佛要淹没鸽子亲昵的咕咕声一样。
我们谁欠对方多？我的爱情意绵长，
你的爱似乎瞬间变得更加坚强。
我爱你，你证实了我的猜想——
你爱我，不计条件，不加考量，
对谁都不利，对爱情总是权衡思量，
因真爱面前不分“你”和“我”，
随性的爱才分出“你”和“我”，
因为真爱中我中有你，你中有我。
丰富的爱情懂得“我滴就是你滴”，
因此双方都有爱的永恒与勇气，
我们两个的爱情使我们融为一体。

其五

哦，我的心肝宝贝，对我来说你
远远胜过我自己，愿上帝庇佑你，
使你绝对忠实于上帝，
你自由的心灵得到**他**崇高的护庇，
给你我们看见或预见的所有利益，
让你少忧愁，多欢喜，
在你的生活中祝福你，
是的，使你像**他**希望你那样完美。
你够完美了，亲爱的，我该怎办？
尽我所能，无条件地爱你，

今天，明天，直到永远，
非常爱你，更加爱你，
爱得如同约旦河泛滥，
因为女人是男人天生的侣伴。

其六

相信我，我想你不会嗔怪我，
我最爱上帝，就像你爱我一样。
如必须失去一个，我宁愿失去你而非**他**，
即便多疑的罗得之妻也不会怀疑，
也不准备像我一样放弃。
虽然主神面前最柔弱的我
就像基督的杖牧下最卑微的羊，
我也会斟酌思量，
我最爱上帝，
远胜于爱你。
我更爱**他**，但我也爱你，
是啊，我认为爱就是这样：
如果我不爱**他**，我就不能爱你，
如果我不爱你，我就不能爱**他**。

其七

“爱我，因为我爱你”——回答我，
“爱我，因为我爱你”，我们快乐的一双
站在这片繁花似锦的爱情土地上，
爱情无疆。
爱把房建在岩石上，而不是沙子上，
爱微笑时，风却咆哮，满是绝望。

谁曾发现爱的城堡无人居住?
谁曾囚禁爱的自由?
我的话大胆而心却是个懦夫,
少欢聚而多别离愁,
你也要提高爱的艺术!
我在《圣经》中寻求慰藉,它说,
嫉妒很残忍如同坟墓一样,
死亡更坚强,而爱情和死亡一样坚强。

其八

"如果我死了,我就死了",以斯帖[①]说道。
是生或死的新娘,她都要把自己打扮漂亮,
香喷喷的秀发闪闪发光,
微笑点燃了渴望但又熄灭了。
她摆出一副可爱的模样,
带上她的丈夫而他眼神迷惘。
她以美貌为罗网,
像无害的鸽和狡猾的蛇一样。
她用柔发捕获了他,
她用才智征服了他,
为她的子民建造房屋屹立不倒。
如果我能主宰自己的生命,
我将为我的爱人向上帝祈祷,
以赐予爱的名义向上帝祷告。

① 《圣经》中一名美丽的犹太少女,后为波斯女王,使其国民幸免于大屠杀。

其九

想想你，曾经的模样，
过去可能的模样，永不可能的模样，
我觉得你非常优秀，看看
我却不配这更幸福的召唤。
可悲的我，走路容易摔倒，
容易吓得尖叫，吓得逃跑，
容易倒地死掉。（啊，可悲的我！）
转向墙，没有信心，没有希望。
并非全无信心，并不全无希望，
因不是无爱，爱可整夜辛劳，
一直奋斗到拂晓，
然后对神和人施以力量。
于是我尽力用感恩的心，
赐予和接受力量，因为你的原因。

其十

时光飞逝，希望飘零，生命扇动疲惫的翅膀，
死亡紧跟着生命，占据了一些地方。
信仰，紧跟着每个人热切的面庞，
跑在别人前面，将一切照亮，
离开了尘世，尚存一息来祈祷和歌唱。
爱情，首先增加了对上帝的颂扬，
祈求他的恩典，感恩他的恩典，
满足于白昼和夜晚赐予的东西。
当爱情张不开翅膀，生命凋亡，
希望倦怠，脉搏细弱不张，

亲爱的朋友，让我们平静地安息。
很快，衰老和忧伤停住了，
很快，新生的生命摒弃了
消亡、腐烂、死亡，留下的都是爱。

其十一

来世很多人会提起你，
“他爱她”，而他们会怎么议论我？
我爱你只是游戏而已，
就像慵懒的女人追求时尚。
让他们叨叨，他们哪知我们的爱，
我们别离的难言惆怅，
生离死别而重逢无望，
人世间无望，又不见天堂。
我向你袒露我的心、我的爱，
我的爱不会让你徒劳等待，
爱，穿过死亡的门廊，
离你而去，但会重来，
我要你在上帝前讲明白，
是一生，不是一刻，我对你的爱。

其十二

如果有人能代替我
让你快乐，而我却让你忧伤，
那么我绝不会生气，
我会把你托付给那更高贵的上帝，
比我更睿智，面孔更甜蜜。
既然你的财富可以让我富有，

我编的新娘花冠我也就可以佩戴，
在新娘的舞会上欢快地穿梭往来。
如果我对你没有爱，
哪能给你一丝欢快。
我心属于你，不属于自己，
你我同享快乐，共担权利，
你尊贵的自由让我心释然，
有你陪伴我再也不会孤单。

其十三

如果我能把你的命运托付给自己，
难道我不应该把它托付给上帝？
没有上帝的同意，百合无法挺立，
麻雀不能在指定的时间落地。
他可以计数数不清的沙子，
他可以衡量风和水的重量，
世界对他来说不算小也不算大，
他的学问能预知我们的任何计划。
我在心中寻找能触动你的东西，
发现那里只有爱和善意，
无力帮助，无能为力，
理解愚钝，视觉模糊。
看来我还得把你托给上帝，
你俩的爱才有匹配的能力。

其十四

青春不再，美貌已成记忆，
即便这张可怜的脸似曾美丽。

美貌随青春而去，还剩什么值得欣喜？
我不会在秀发上绑玫瑰，
让面颊羞愧，其实一点也不美，
把玫瑰留给青春，它不怕刺，
我将不再找寻鲜花，
只找长在庄稼地里的寻常花。
青春已逝，美貌已去，还剩什么？
心中的渴望被压抑，
寂静的心充满爱和渴望，
寂寞的心开始吟唱，
青春与美貌在夏日早上，
寂寞的爱再也不能吟唱。[①]

① 朱立华译自 *Selected Poems of Christina Rossetti*，（London: Wordsworth Editions Ltd., 1994: 207），为方便翻译，每首诗前面两句意大利语被删除。

后　记

不知不觉，与克里斯蒂娜·罗塞蒂“结缘”已十年有余。当年在确定博士论文研究方向时，在导师的建议下，开始了包括克里斯蒂娜·罗塞蒂在内的拉斐尔前派的诗歌研究。之后也出版了专著，发表了论文，但总感觉对拉斐尔前派诗歌的总体研究略显宽泛，总有一个心愿：对拉斐尔前派诗人进行较为详尽的个体研究。经过对拉斐尔前派诗歌的文本细读和翻译，最后决定选取拉斐尔前派诗人之一克里斯蒂娜·罗塞蒂作为研究对象，以其诗歌作为分析文本和语料，尝试在唯美叙事、爱情叙事、互文叙事、意象叙事、死亡叙事、原型叙事和女性叙事等多维视角下对其诗歌的美学思想与叙事艺术进行解读，希望通过《拉斐尔前派诗歌的个体研究——克里斯蒂娜·罗塞蒂诗歌研究》一书来完成自己的心愿。

诗歌研究本就是个苦中行乐的“差事”。诗歌研究，无论采用中国古典文学理论批评，还是西方现代文学理论批评，或者马克思主义文学理论批评，都要选取大量诗歌作为语料进行文本分析。但是国内克里斯蒂娜·罗塞蒂诗歌译文的数量非常有限，需要作者首先完成大量的翻译工作。然而诗歌翻译可谓是“戴着镣铐在刀尖上舞蹈”，翻译之时，小心翼翼，唯恐出现误译，及至翻译了一两百首之后，再回来对其诗歌进行解读，才逐渐找到了些感觉，慢慢产生了兴趣，也找到了乐趣，可谓是苦中行乐吧。当然，翻译过程中，由于语言和文化差异，肯定存在问题，文本分析也肯定存在不足，希望同行批评指正。

在本书即将付梓之际，首先感谢天津商业大学外国语学院重点学科的出版资助。天津商业大学和外国语学院各级领导一直重视重点学科建设，鼓励教师努力提高科研水平，多出版高质量的学术成果。其次，非常感谢我的博导曾思艺先生的指导，感谢我的研究生的热情帮助。

特别要感谢南开大学出版社的编辑老师在此书审校中付出的辛勤劳动，他们以极其认真的学术态度、宏阔的学术视野和独到的学术见解，对本书提出了很多建设性的宝贵意见。

感谢所有给予我帮助的好人，愿好人一生平安！

朱立华

2019 年 10 月 1 日

于天津水木天成依湖园